廣嶋玲子・作　Minoru・繪
林宜和・譯

步步出版

人物
久藏
太鼓長屋房東的兒子
千彌
住在太鼓長屋
的青年按摩師
玉雪
兔子妖怪
梅婆
梅子老妖怪
梅吉
梅子小妖怪
彌助
千彌養育的孩子

登場
月夜王公
妖怪奉行所
東方地宮的所長
飛黑
烏天狗妖怪
津弓
月夜王公的甥兒
舔汙垢
吃澡堂汙垢的妖怪

紅月
松菊樓的酒女
飄飄仔
煙霧妖怪
阿秋
人類少女
小鈴
尋找母貓的
小貓妖怪
小黑
黑貓妖怪

其他人物

阿郁 久藏的親戚
太一郎 阿郁的兒子
羽冥 骸蛾妖魔

目次

• 序章 • 9
1 妖怪托顧所的彌助 11
2 奇異的符咒 22
3 妖貓與三味線 30
4 彌助和久藏 55
5 華蛇族公主 72
6 說謊少女阿秋 97
7 津弓消失了 140
8 人偶師傅 165
9 羽冥 184
10 打破人偶 200
• 終章 • 219

妖怪托顧所

2

【說謊少女】

序章

朦朧的燈光下，一個男人正全神貫注的揮動著筆。最後，他抬起頭來，滿足的說：「可以了！」

「嘿嘿，畫得好呀！最後該用誰來完工呢……？」男人一邊說，一邊轉頭向後看。

昏暗的房間裡放著無數的籠子。有的籠子小得只能放進昆蟲，有的卻很大。有的籠子被搖來晃去，有的更發出悲慘的叫聲。

男人草草掃視籠子一遍，眼睛停留在其中一個上頭：「好吧！就用你了。」說完便伸出手去。只聽籠子裡的叫聲更淒厲了……

1

妖怪托顧所的彌助

江戶[1]的街上，有無數稱作「長屋[2]」的日式平房。

在長屋當中，有一間叫做「太鼓長屋」的房子，裡頭住著一個叫彌助的少年。彌助的臉有點黑，眼睛又圓又亮，像小狸貓一般可愛。他已經十三歲了，卻因爲個子小，看起來小了兩歲左右。彌助沒有兄弟姊妹，只有一個撫養他長大的養親千彌。

千彌是一個盲眼的按摩師，外表看起來只有二十出頭，臉龐比花還要俊美，有著雪白的皮膚和端正的五官，頭上剃得青光潔淨。雖然他一直閉著眼睛，卻散發出無可言喻的吸引力。

千彌對彌助百般疼愛，無論爲彌助做什麼他都願意。至於其他的人和事，對千彌來說都是次要的。

像千彌這樣的養親，可真是萬中取一。不過，彌助自己也是一個特別的孩子。他是妖怪托顧所的負責人，經常要照顧妖怪們託付的小孩。

大約五個月以前，彌助無意間破壞了姑獲鳥妖怪的住家，被妖怪奉行所[3]所長下令，代替妖怪保母姑獲鳥開辦妖怪托顧所。最初彌助很不情願，遭到許多麻煩，卻也同時漸漸融入妖怪的世界。最後，彌助甚至挺身保護小妖怪，免於受到妖怪天敵食妖魔的攻擊。

彌助的功績受到妖怪奉行所認可，被所長月夜王公任命，正式經營妖怪托顧所。這個命令是十天前下達的，彌助一想到就忍不住嘆氣：

「唉！從今以後，得繼續做妖怪保母的工作呀……」

一聽到彌助嘆氣，千彌立刻像風一般衝進來：「彌助，你怎麼了？爲什麼嘆氣？是哪裡不舒服嗎？」

「沒、沒有啦！千哥，我只是稍微吐口氣啦！」彌助趕緊說。

「眞的嗎？只要有一點點不舒服，都得馬上告訴我喲！食妖魔的毒氣很強，一旦被傷到了就很難去毒……我還是很擔心哪！現在就給你鋪棉被，你去躺著休息吧？」千彌還是不放心。

「不要啦！我再睡下去，身體都要發霉了！是眞的沒事啦！」彌助拼命搖頭。

「是這樣嗎？如果沒事就好了……」碎碎念的千彌，其實是原名白嵐的妖怪界風雲人物，卻被放逐到人間來。彌助一直到最近，才知道千彌的來歷。

「沒想到千哥原來也是妖怪，他是有很多地方不同常人……可是我跟他在一起這麼多年竟然沒發現，也實在糊塗啊！」彌助暗嘆。

不過，彌助雖然吃驚，卻並不在乎。對他而言，千彌即使是妖怪，也是從小到大保護他疼愛他的千哥，這個事實是不會改變的。

最令彌助安心的是，千彌不會再回去當妖怪。當年千彌被妖怪界放逐，他的法力泉源——眼珠，就被拿掉了。那個眼珠，現在已經用來當作姑獲石，變成姑獲鳥的新居。既然千彌已經不再是妖怪，彌助也就能放心了，以後無論發生什麼事，相信千彌都不會離開他。

當天晚上，夜色已深，來了一個小妖怪。

小妖怪是個六歲左右的男孩，穿著金黃色的和服，臉頰兩側的頭髮用繩子綁起來，白白的臉蛋又圓又胖，長得十分可愛。不過，他的頭上有兩根角，背後垂下一條細細的白尾巴。

「津弓，是你啊！」彌助招呼他。

「彌助，你好多了嗎？」津弓笑起來，尾巴啪啪的搖，奔向彌助，一把抱住他：「我等了好久，舅舅都不讓我來，說是彌助身體還沒康復，不能吵你。我看你大概好得差不多了，才過來瞧瞧呀！」

「呵呵，不要緊啦，你看我這麼健康。」彌助笑說。

「太好了！」笑得開懷的津弓，是妖怪奉行所所長月夜王公的甥兒，不過他的性格和長相，跟舅父一點都不像。

月夜王公是有如上弦月般清俊的美男子，他的頭上沒有像津弓一般的角，背後卻垂下三條很大的銀色尾巴。只要他一發怒，三條尾巴就猛力飛舞，造成周圍的恐慌。

彌助很怕月夜王公，幸好他很少出現。他似乎與千彌有過恩怨，因此不願接近他們。看津弓這麼喜歡彌助，月夜王公一定不高興，可是他對甥兒完全沒轍，也不能對津弓說：「不要去找彌助。」彌助一想像月夜王公無奈的表情，就覺得挺愉快。

不過，看見津弓身後沒跟著任何隨從，彌助還是嚇了一跳：「你是一個人來的嗎？」

「是呀，舅舅好像很忙。沒關係啦！我又不是嬰兒，你看我不是好好的嗎？」

「嗯，你很棒啊。不過下次可別一個人來了！月夜……你舅舅會擔心的，搞不好我會被他殺掉咧！」

一旁的千彌聽到這話，立刻插嘴：「不要說傻話，誰會讓你被殺掉啊！」

「舅舅不會做那種事的，他比誰都仁慈呀！」津弓拼命爲他舅舅辯護。那個月夜王公會被誇讚仁慈，大概只有津弓說得出來吧，彌助暗笑。

就在他們說話的時候，玉雪進來了。玉雪是個兔子妖怪，當她化成人的時候，身體和臉蛋都像個圓嘟嘟的女人。她是來幫忙看顧妖怪小孩的，對彌助也好得不得了。

「唉呀，彌助你起來啦？身體不要緊嗎？」玉雪關心的問。

「怎麼連玉雪姊都這麼說呢？我身上的毒氣早化解了。」彌助埋怨。

「可是，還是不能太勞累啊……」玉雪又說。

「彌助，玉雪說得沒錯，你今晚還是得早點睡。津弓，你回去吧！」千彌又插嘴。

「千哥！」彌助抗議。津弓睜圓眼睛，看著他們一來一往。忽然，他拍一下手，從懷裡取出一個小布袋，遞給彌助：「想起來了！這個給你，是仙丹喔！我聽到舅舅跟飛黑說，這個對虛弱的身體很滋補，就拿了一粒出來。」

千彌一聽，態度忽然變了：「津弓，你要不要喝甜湯啊？」

彌助笑著接下津弓的禮物，打開布袋一看，裡頭放著有拇指一半大的深褐色藥丸。他馬上配水喝下，那藥卻難吃得要死。

彌助一邊咳一邊嗆，只聽津弓得意的說：「這個仙丹真的很靈喔！舅舅說裡頭有蛤蟆仙人的油汗、香菇姥姥的皮屑，還有鰻魚妖怪的膽汁喔！」

「我可不想知道……」彌助臉都灰了，津弓卻笑著說：「喝了這個，彌助就沒事了！我可以去告訴大家了，大家一定很高興！我聽說有好多小妖怪，都想被彌助看顧呢！」

「那也是你聽舅舅說的嗎？」彌助問。

「不，是我聽飛黑說的。」津弓搖頭。飛黑是月夜王公屬下的烏天狗護衛。

「許多妖怪父母都到奉行所來打聽，看彌助到底好了沒有。他們說自己的工作都沒法繼續，也有妖怪說彌助比姑獲鳥保母好喔！」津弓說。

彌助想起他認識的許多妖怪，他們的臉一個個浮現出來，令他胸口發熱。大家都在等他呀！彌助覺得他不能再賴床休息了。

他抹抹鼻子，下定決心，笑著說：「好極了！津弓，你去向大家宣布吧！無論什麼時候，都可以來托顧啦！」

「明白！那我這就回去，馬上告訴大家喔！」津弓大聲說。

「那麼就拜託玉雪姊送他回去好嗎？」彌助轉向玉雪。

「當然好！」玉雪送津弓出去之後，彌助就把門關上。千彌卻不滿的說：「你可以多休息幾天，再開工也不遲啊？」

「不，大家好像都在等我，我也想見大家呢！」彌助搖頭。

那麼，明天晚上就要開始忙了。彌助想著，一邊爬上睡鋪，把燈火吹熄。

---

1 江戶：江戶時代的東京舊稱。

2 長屋：每戶獨立但是外牆相連，平行成列的傳統日本住宅。

3 奉行所：江戶時代掌管行政和司法的官府，擁有很大的權力。

2

奇異的符咒

第二天晚上，妖怪們都來了。他們並不是來托顧的，而是來探望彌助。其中有梅子妖怪梅吉和阿媽梅婆、身型龐大的怨偶公雞朱刻與母雞時津、媒人公十郎和剪刀付喪神[4]切子，還有酒鬼父子等等，非常熱鬧。

看著彌助健康的模樣，妖怪們都很高興。梅吉說：「太好了！我聽說彌助被食妖魔攻擊，以爲你一定完蛋了！看見你沒事，眞是比什麼都安心呀！」他像青梅子般的小臉皺成一團，眼淚都快掉下來了。

就這樣，接下來幾天，彌助都忙著接待上門問候的妖怪。不過，隨著紛鬧漸漸散去，十天後，便恢復了平常日子。

於是，眞正的托顧工作開始了……。

那天夜裡上門的，是一個很瘦的妖怪。雖然是春寒料峭的時節，他卻只穿一條纏腰褲，再披上一片蓑衣。溼黏黏的綠色皮膚和乾黃披散的頭髮，加上突出的眼珠，看起來就令人不舒服。最嚇人的是他有條鮮紅的長舌頭，大概是塞不進嘴裡，就垂掛在外面。

那個妖怪說，他叫做「舔汗垢」：「我今天來的目的，不是要托顧，而是要拜託人類彌助，請你帶我的孩子們上公共澡堂好嗎？」

「公共澡堂？」彌助很驚訝。

「是的，我們舔汙垢一族，喜歡吃澡堂裡的汙垢。」妖怪翻一翻長舌頭，說：「澡堂的木盆會長黴菌和汙垢，我們就把它舔乾淨。只要是我們去過的澡堂，都會很乾淨，人類也很歡迎我們。」

「可是，最近我們經常出入的澡堂，不知道爲什麼，都被貼上除妖怪的符咒。那不是普通的符咒，只對小妖怪們有效。我家的孩子因此進不去澡堂，肚子都快餓扁了！」舔汙垢妖怪愁眉苦臉的說。

「你要我帶他們上澡堂，也就是說要我幫你撕掉符咒嗎？可是澡堂的脫衣場和淋浴場都人來人往，我要是被發現怎麼辦呢？」彌助苦惱的說。

這時候，在一旁聆聽的千彌開口了：「你們不必在有人的時候去啊！這個時間澡堂已經關門了，一個人都沒有。你們只要偷溜進去，讓彌助把符咒撕掉，不就解決了嗎？」

「原來如此，好辦法！不愧是千哥！」彌助大喜。舔汙垢也拍手叫好：「那麼我馬上把孩子們帶來，請等我一下！」

話才說完，不一會兒，他就把三個孩子帶來了。小妖怪們都長得和父親一模一樣，個個身材瘦小，只有眼睛骨碌碌的轉，長舌頭餓得不斷翻來翻去，看著挺可憐。

「那麼玉雪姊，請妳帶我們去公共澡堂好嗎？隨便哪一家都行。」彌助轉頭問玉雪。

「是，是，請跟我走。」玉雪握住彌助的手。下一秒，周圍的景色瞬間模糊，玉雪飛快彈跳，天地好像在旋轉，彌助只好閉上眼睛。只聽空氣簌簌颳過，接著就靜止了。

彌助睜開眼，發現身在一條沒有人跡的黑暗小巷，旁邊的店家都關門了。他們面前是一間公共澡堂，裡頭一樣靜寂無聲。

彌助一行偷偷溜進澡堂，穿過脫衣場，再走進淋浴場，眼前就是石榴板了。

石榴板是垂掛在

淋浴場和泡澡池之間的隔板，淋浴完得彎腰從它底下穿過去，才能進去裡頭泡澡。因爲有這塊板，泡澡池的熱氣才不容易發散出去。

彌助小聲對舔汙垢父子說：「這裡怎麼樣？你們進得去嗎？」

「不行，孩子們怕那符咒的臭味啊！」舔汙垢父親說。

「知道了，那我這就進去，幫你們把符咒撕掉，請等一下！」彌助說完就穿過石榴板，走進泡澡間找符咒。

他馬上就發現符咒了。就在石榴板面向泡澡池的那一側，貼著一張細長的白紙，上頭寫著一堆彌助看不懂的奇異文字。

彌助只覺得這符咒可怕，它不像一般的護符，而是發出邪惡的氣味。他伸手用指甲撥開一角，接著一口氣把符咒撕下來。

霎那間，一陣刺痛穿過彌助的指尖，同時傳出像是燃燒頭髮的臭味，幸好馬上就消失了。

彌助把符咒捏成一團，就看見小妖怪們歡天喜地的穿過石榴板，飛奔進入泡澡池，開始舔周圍的汙垢。他們一定是餓壞了，完全不顧吃相。

接著，舔汙垢父親也穿過石榴板，笑著對彌助說：「感謝感謝！彌助真是我家的恩人啊！」

「哪裡哪裡，這點小事要是需要我，隨時都可以叫我幫忙喔！」

彌助說完，便留下舔汙垢父子，跟玉雪一起離開澡堂。

「太好了，那些孩子不會再餓肚子了！」玉雪說。

「是呀……可是，那符咒到底是誰貼的呢？」彌助問道。

「這我也不知道。不過，你最好把那個符咒丟掉，它看起來挺邪惡啊！」被玉雪一說，彌助趕緊把手中的符咒扔出去。

忽然，一股腥臭的風掃過彌助的脖子，伴隨著恐怖的低吟：「唉呀——怎麼是人類……」

彌助猛的轉頭看去，風聲和低語卻消失了。

「玉雪姊……妳有聽到剛才的聲音嗎？」彌助害怕的問。

「聲音？沒有啊！你說什麼？」玉雪說。

「咦……沒什麼，大概是我聽錯了！我們趕快回去吧，千哥還在等門呢！」彌助只好說。

「是，是。」玉雪輕輕牽起彌助，趕路回家。

---

4 付喪神：一種日本的妖怪傳說，又名「九十九神」。相傳器物放置一百年，吸收天地精華或感受到怨念、佛性、靈力後，會得到靈魂並化成妖怪，概念類似「成精」。

3

妖貓與三味線

「我想去見阿娘。」用稚嫩聲音說話的是叫小鈴的花貓。她身穿紅色的和服，藍色的眼睛含著悲傷的淚水。

帶小鈴過來的，是一隻同樣穿著和服的小貓，名叫小黑。他的個子比小鈴大一些，全身的毛黑漆漆的，眼神十分頑強。

對著吃驚的彌助，小黑神色自若的說：「小鈴原來只是普通的小貓，因爲她不停尋找失蹤的母親，不知不覺竟然就變成了妖怪貓。小

鈴不顧一切尋母的執念，讓她自己變身了。不過，我們現在已經知道她母親的下落。」

「找、找到了嗎？」彌助問。

「是呀！不過她的阿娘早已不在世間，她……已經被剝製成三味線[5]了！大概是出門張羅食物的時候，被人類抓去了。」

彌助不知該如何回答。

「小鈴一直吵我，說要去看用她阿娘做成的三味線，就是看一眼也好。可是那個三味線在吉原[6]裡頭，所以我們想拜託你，帶小鈴進去吉原，看她阿娘的遺形一眼好嗎？」

彌助偏著頭，有些不解：「我是明白啦，但你們就算沒有我，也可以進去吉原啊！貓不是偷溜躲藏的高手嗎？你們自己就進得去了吧？」

「話不是這樣說的……吉原這個地方太可怕，就像是地獄啊！」

小黑卻說。

「地獄……？」

「是啊，不幸被賣身到吉原的許多少女，她們的怨恨和悲傷化成一股巨大的陰氣，把吉原變成人間地獄。像小鈴這般法力微弱的妖怪，很容易就會被陰氣吞噬，這麼一來，小鈴會變成更可怕的妖魔！所以，她才需要彌助幫忙。」

小黑繼續說：「彌助有健康的身體和心靈，可以保護小鈴。若要對抗人間的陰氣，就只能運用人間的陽氣了。怎麼樣？你願意接受這個挑戰嗎？你要是就這樣拒絕小鈴，可是違背男子漢本色喔！」

被小黑熱誠的話語說服，彌助終於點頭：「好吧……但是我要怎樣才進得去呢？」

彌助雙手抱胸尋思著。他不清楚吉原是什麼樣的地方，只知道那是成年男人會去玩的聲色場所，並不是自己這樣的小孩可以單獨出入的。

也許，他可以帶玉雪一起去……不行，玉雪的法力不夠高，大概也會被陰氣吞掉。

「吉原眞的那麼嚇人啊？」彌助問。

「是眞的！」一旁的千彌臉色沉重的說：「那地方本來是不應該讓你去的……如果你無論如何都要去，那麼我就陪你一起吧！」

「不行！絕對不行！」彌助說。

「他最好不要去啦！」小黑說。

「我想……你還是不要去吧！」玉雪也說。

大家異口同聲叫千彌不要去。千彌奇怪的問：「爲什麼呢？我既不會被吉原的陰氣吞掉，也可以保護彌助，不是最好的人選嗎？」

「不行啦！吉原不是到處都女人嗎？千哥這麼好看的年輕男人去了，豈不是要引起大騷動？三味線可就找不成了！」彌助大聲阻止。

「那該怎麼辦呢？話先說在前頭，我不可能讓彌助一個人去吉原，絕對不行！」千彌厲聲說。

彌助聽了只有嘆氣：「吉原眞是那麼可怕的地方呀……久藏好像經常去啊！他怎麼會喜歡那種地方呢？」

「對了！彌助，你叫久藏帶你去吉原就行了。那傢伙比誰都更熟悉吉原，沒有比他更恰當的人了！」千彌高興的說。

「啊？叫我去拜託久藏？」彌助不禁拉下臉。

久藏是他們住的太鼓長屋房東的兒子，現年二十四歲，既不幹正事也不幫忙家業，每天只會到處遊蕩，是個無可救藥的花花大少。

彌助最討厭久藏了，他老是找機會親近自己和千彌，沒事就來纏他們。要他去找久藏幫忙，可是一千個不願意。

但是，看著小鈴一副快哭出來的樣子，彌助最後還是投降了：「好啦好啦，我這就去問久藏看看。小鈴、小黑，請在這裡等一下哦。玉雪姊，請妳帶我去找久藏好嗎？」

「是，是，包在我身上。」玉雪微笑著站起來。

玉雪使出法力，彌助瞬間就被帶到一間小酒店門前。酒店當中傳來熱鬧的人聲。

「那傢伙在這裡啊……玉雪姊，請妳等我一下。」彌助說完，深吸一口氣才跨進酒店。

店裡有幾個男人在喝酒作樂，端酒菜的老闆娘和女侍則都在掩嘴竊笑，她們視線的焦點就是久藏。只見他掀開衣服露出肚皮，正跳著奇怪的舞蹈。原來如此，難怪這麼熱鬧啊！

彌助心跳加快，有點緊張的靠近久藏。久藏發現是他，瞪大了眼睛：「咦，這不是小狸助嗎？有什麼事？你怎麼會知道我在這裡……莫非我老爹也跟來了？」久藏心虛的探頭看向彌助身後。

彌助囁嚅道：「我、我是來拜託你啦！」

「咦？你也會拜託我？這可新鮮了！你真的變了呢，從前你跟我是一句話都不講的。到底有什麼大事呀？」久藏嘖嘖稱奇。

「你、你不要囉嗦啦！」彌助忍不住回嘴。

「也罷，那我就上樓聽你說吧！老闆娘，我可以借用樓上房間嗎？」久藏轉頭問。

「是，是，請隨意使用。」老闆娘恭敬的說。

彌助跟在久藏後頭，爬上酒店的二樓。進入鋪著榻榻米的小房間，久藏就歪著身子躺下來：「所以呢？你到底想說什麼？沒跟你千哥在一起，難不成是離家出走？」

「不是啦……我、我想請你帶我去吉原。」彌助吞吞吐吐的說。

聽到彌助的要求，久藏的眼睛差點掉下來：「吉原？你不是才十二歲上下？這個年紀要去吉原？不像話！雖然我也是從年輕就愛玩，卻遠遠比不上你啊！」

「不、不是啦！我只是……有想見的人啦！」彌助急急辯解。

「哦……」久藏壞笑起來：「原來每天跟在千彌後頭的小狸助也會……我懂啦！我在你這個年紀的時候，也覺得女人好看，心癢癢的啦！」

「不、不是啦！你完全搞錯啦！」彌助愈急，愈不知該怎麼解釋。

「哈哈，不用害羞啦！嗯，那我就助你一臂之力，明天帶你去。你知道太鼓長屋附近有間茶館吧？明天午後一時辰，我們就在茶館前面會合。這件事就包在我身上，第一次是很重要的，你要是看上哪個女人，記得讓我先幫你評鑑一下。嘻嘻嘻……」久藏看起來樂不可支，伸手不停亂揉彌助的頭。

──＊＊＊──

第二天到了約定時間，彌助已站在茶館前面等候。

「才過不了一天，又得跟久藏見面，我真是倒楣啊……」他正在自言自語，就看見久藏從對面走過來了。

「嘿，小狸助早來了？看你嘟著嘴，就不能笑一下嗎？你可以學學我呀！」久藏笑道。

「學你？別作夢了！」彌助頂嘴。

「你這小孩眞不討喜！好不容易學會開口說話，偏偏都是討人厭的話呀！」久藏一邊搖頭，一邊說：「跟我來吧！」就開始往前走。

彌助不想跟久藏並肩，就跟在他幾步之後。

終於，兩人來到淺草，穿過人群，便到了大河畔。乘船渡河之後，再爬上對岸的土堤。堤上人來人往，十分熱鬧。

「這裡叫做日本堤，有錢的老爺們都從這裡搭轎子去吉原。今天我們走路去，順便讓你看看路上的風景。」久藏得意的說。

沿著日本堤走過去，是一道緩緩的斜坡。彎曲的石板路像大蛇一般往下蜿蜒，兩旁有許多茶館，生意都很好。

「這裡叫做衣紋坂，要進入吉原的大門前，老爺們都得把衣服穿戴整齊，這是吉原遊客的規矩。」久藏又說。

「哼……」彌助雖然不懂，一顆心卻撲通撲通跳個不停，看著坡道下方的吉原。只見兩扇又黑又大的門，似乎就是入口，載著商人和武士的轎子，絡繹不絕的穿梭來往，門裡傳來隱隱約約的音樂聲。

看著彌助緊張的模樣，久藏撇嘴笑道：「還早呢！這只是開頭啊！」

兩人下了坡道，走近吉原大門。吉原唯一的出入口就是這兩扇漆黑的大門，外表看上去雄壯威武。

可是，彌助卻被兩旁的景象嚇了一跳。原來，吉原的周圍被一條約十二尺寬的大水溝圍繞，溝裡的水又黑又濁。

「那個叫做齒黑溝。吉原的女人流行把牙齒塗黑，塗抹的化妝品用完流進水溝就變成這樣。你可別不小心掉下去呀！」聽到久藏這麼說，彌助忽然想起小黑說的「吉原是地獄」這句話。他忍不住把手伸進懷裡，悄聲說：「小鈴，妳不要緊吧？」

「喵。」只聽一聲輕輕回答。

彌助在與久藏會合之前，叫小黑把小鈴帶來，要她化作普通的小貓模樣，躲進自己懷裡。

「那麼，請妳再忍耐一下了。」彌助悄聲對小鈴說完，便向大門走去。其實當他看見齒黑溝以後，就不想踏進這道門了，可是，他不能在這裡打退堂鼓啊！

彌助深吸一口氣，走了進去。吉原街道兩旁並立著許多店面，其中陳列的商品就是「女人」。

店裡的座席中，穿著鑲金和服、姿態華貴的是稱做「花魁」的頭牌紅妓，此外還有尖著嗓子喊：「進來坐呀！」拼命招攬客人的女人。四處都懸掛著旖旎的紅色燈籠，空氣中傳來一股甜膩的香氣。

吉原的客人全部是男人，既有無賴也有流浪漢，還有看起來養尊處優的少爺，或是像大店主的有錢老爺，其中混雜著戴斗笠遮住臉的神祕武士。無論是什麼樣的客人，都帶著銳利的目光四處溜轉。

彌助感到害怕，久藏便伸手搭上他的肩：「你不要緊嗎？」

「嗯……好、好特別的地方啊！」彌助只得硬擠出一句話。

「是呀，這就是吉原。那麼你想見的人是誰呢？你知道她在哪裡吧？」久藏邪笑道。

彌助點點頭，照小黑教他的回答：「是松菊樓的紅月。」

「松菊樓？就在那邊吧！我從前去過一次，好像也聽過紅月的風評。聽說她個性高傲，對不順眼的客人，一句好話都沒有喔！」久藏一邊說，一邊在人群中穿梭。

終於，他們在一家店門口停下來，那是一個挺派頭的店面。「這裡就是松菊樓，你先等著，我進去打聽打聽。」語畢，久藏走進店裡，不一會兒，便出來了。

「沒問題，跟我來吧！」

彌助跟著他走上松菊樓的二樓，進入一個小房間。

「今天只是讓你跟紅月見面，在房間坐坐挺便宜，你想吃什麼告訴我，我請客啦！」久藏得意的說完，就自己點了酒菜，而彌助只要了一個飯糰。

他們等了一會兒，只聽門外傳來一聲「客人好！」，接著一個女人端著盤子進來。

那是一個瘦削的女人，穿著還算體面的和服，長得挺漂亮，只是眼角上翹，看上去有點強悍。

女人把飯菜擱在他們面前後，便恭敬的俯身跪坐，雙手著地，對他們行禮：「我叫做紅月，謝謝指名我接客。」

「嘿，聽說松菊樓的紅月脾氣不好，沒人敢惹，可是妳看起來很可愛嘛！小姐妳過來點，幫我斟酒啊！」久藏笑咪咪的說道，卻見紅月抬起頭，冷笑道：「對不住，你要喝酒請自己倒。」

久藏和彌助不禁瞪大了眼，對紅月突然大變的態度感到吃驚。只見她從跪姿改成坐著，眼角更翹了：「哼，我只是看在客人指名的份上，稍微裝乖一點罷了。唉，這位大哥，你可是我最討厭的那種客人，態度輕浮說話又不老實，你要喝酒就自己倒吧！」

看著口沒遮攔態度惡劣的紅月，久藏似乎有點退縮，但還是回嘴道：「小姐，妳會錯意了吧？今天的主客可不是我，我只是來當陪客。是這個小弟說想見妳，我才帶他來的！」

「你是說他嗎？」被紅月的眼睛一瞪，彌助忍不住抖了抖。

紅月的眼神很有力。那是一雙果敢的眼睛，毫無一絲絕望的氣息。彌助覺得她的眼睛很美，卻只敢囁嚅道：「三味線……阿姊，妳有三味線嗎？」

「有啊！我八歲就被父母賣到吉原，這些年也被教了不少技藝，你想聽我彈嗎？」

「是的。」彌助趕緊點頭。

紅月似乎對彌助的要求有些意外，仔細打量著他，臉上兇悍的表情也逐漸消散。

「哼，這可是生平第一次，有客人專程來聽我彈三味線……請等一下。」紅月說完，就離席而去。不一會兒，她拿了一把陳舊的三味線進來：「這把琴是我的老相好，雖然很舊了，聲音還很好，你們聽聽看吧！」

紅月開始彈琴，她不愧受過嚴格的訓練，技巧很不錯。

這時，在彌助懷裡的小鈴，卻開始蠢動起來。

「哇，不、不行啦！」彌助正要壓住小鈴，她卻掙脫了。

下一秒，彌助懷裡忽然「咻——」的飛出一隻小貓，把正在喝酒的久藏嚇得哇哇大叫，酒潑了一身。但是小鈴沒有停下，只是直直往紅月手中的三味線飛撲過去。

原本鎮定的紅月也大驚失色，三味線摔落在榻榻米上，頻頻後退：

「怎、怎麼會有小貓？」

可是，小鈴無視紅月的反應，拼命抱住三味線，「喵——喵——」大聲哀號。

彌助能理解小鈴在說什麼。

「阿娘、阿娘，我總算見到您啦！」

聽著小貓使盡全力的哀號，彌助的眼淚忍不住要掉下來。

這時，久藏搖搖晃晃的站起來。他手中的酒打翻了，正好在肚子下面淋溼一片。

「你這傢伙，怎麼把貓帶來了？真不像話啊！」久藏抱怨道。

「對不起……」彌助小小聲的說。

「我沒生氣啦！只是怎麼剛好灑在這個地方啊！我下樓去借一套衣服換上。」說完，久藏就匆匆走出房間。

久藏出去後，紅月悄悄彎下腰，伸手要去摸小鈴。但是小鈴卻全身貓毛倒豎，對著她齜起利牙。

「小鈴！」彌助大聲喝叱，小鈴竟向他吐了口口水。

紅月低聲開口了，嗓音有點嘶啞：「這隻小貓……到底喜歡我的三味線什麼地方呢？牠的聲音……怎麼像在呼喚母貓啊？」

彌助知道瞞不住了，心一橫，吐出實情：「這隻貓叫小鈴，妳的三味線是用她母親的貓皮做的。阿姊說得沒錯，小鈴是爲了見她母親的遺形，才要我帶她來這裡的。」

「你可別說謊。」紅月厲聲道：「這把三味線已經傳很多年了，是我的師姊留下來的。那隻小貓看起來不過出生兩個月左右，怎麼可能是被製成這把三味線的母貓的孩子呢？」

「可是確實是眞的啊！」彌助不服氣的瞪回去。

先軟化的是紅月，她的表情忽然黯淡下來：「她眞的以爲……這是她的母親嗎？這把老三味線？」

「對小鈴而言，這就是她的母親，這是讓她想起母親的唯一遺物。小鈴比誰都愛她的母親啊！」彌助努力解釋。

「她這麼愛……自己的母親啊？」一瞬間，紅月好像要哭出來似的，卻又忍住了。她伸手去抱小鈴，小鈴氣得用爪子抓她，紅月卻不在乎，一把將小鈴摟進懷裡。

「是這樣啊？你想見自己的阿娘，一定是很寂寞呀！」紅月的聲音好輕好溫柔。

小鈴被紅月輕輕拍撫，逐漸安靜下來。紅月抱著小鈴轉向彌助：

「小弟，這隻小貓就留在我這裡好嗎？」

「啊？」彌助嚇了一跳。

「她好不容易才見到母親，要是馬上把她們母女拆開，那就太可憐了！不如乾脆讓我認養這隻小貓。當然，我一定會好好照顧她的。」紅月說。

彌助看著小鈴，想不到她竟然睜大雙眼，一副非常喜悅的神情。小鈴好像已經答應了，眞是大出彌助意料之外。

「可、可是小鈴是……她不是一隻尋常的貓呀！」彌助支支吾吾的說。

「不尋常？那正好，我也不是一個尋常的女人呀！不尋常的貓加不尋常的主人，正好湊成一對啊！」紅月哈哈大笑，在她豪放的笑聲中，彌助似乎看見一道光芒。那是強勁的亮光，充滿生命的活力。他相信紅月率直的心胸會保護小鈴，小鈴也一定會守護紅月。

彌助終於點頭：「我了解了，只要小鈴和紅月姊彼此中意，那麼小鈴就拜託妳了！」

於是他留下小鈴，跟著久藏回到太鼓長屋。

彌助對在家等候的小黑說明事情原委。語畢，他擔心的問：「你覺得這樣可以嗎？」

「我覺得很好。」小黑點頭說：「小鈴一直都很寂寞，我雖然不斷安慰她，卻沒辦法填補她心中的缺口……現在她可以永遠和母親在一起了。她跟著那個叫紅月的主人，應該會得到幸福的。謝謝你，彌助。」小黑向彌助深深鞠躬道謝。

在吉原的松菊樓，有一個叫紅月的不尋常女人。她伶牙俐齒，又不假辭色，只有一隻花貓是她最好的朋友。

大概是因爲有個不尋常的主人，那隻貓也很不尋常。只要她的主人開始彈三味線，小貓就高興得喵喵叫，彷彿在和著三味線唱歌一般，「貓歌謠」的名號不脛而走，吸引許多客人前去觀賞。

半年之後，那個女人就帶著三味線和她養的貓，離開了吉原。原來，她被一間日用品店的老闆看上，便決定嫁給他當老闆娘了。

---

5 三味線：日本傳統的弦樂器，形狀有點像二胡，表面多張貼貓皮。

6 吉原：江戶時代的風化區，開設許多妓院。

4

彌助和久藏

「救救我呀！」

久藏上門求救，是在解決小鈴事件的五天以後。

「我得去親戚家一趟，彌助你陪我去好嗎？」久藏搔著頭，對驚訝的彌助和千彌說。

「為什麼我得去你的親戚家啊？」彌助問。

「是啊，久藏，有什麼必要嗎？」千彌也問。

「我沒時間說明啦！千彌，總之天黑以前我一定會把彌助送回來。彌助，你忘了我前幾天才帶你去吉原嗎？要還我人情只有趁現在喔！」久藏理直氣壯的說。

結果，彌助也沒搞清楚原因，就被久藏帶出門了。

久藏首先帶彌助上整髮師的家，把彌助亂七八糟的頭髮梳成一個整齊的小髻。接著，將破舊的衣服換成整潔的藍條紋和服，還加掛一條圍裙。

久藏看著彌助的模樣，滿意的說：「嗯，不錯，不錯！」他自己也換上體面的外出服，還披了一件外套，十分講究。

一從整髮師家裡出來，久藏就把一個用布巾裹著的大包袱交給彌助，說：「你抱著這盒甜點跟在我後面，小心不要掉下去喔！」

「為什麼？我們要幹什麼呀？」彌助忍不住問。

「我們要去演一齣戲。你演來我家當學徒的小徒弟，所以你得叫我少爺。」久藏得意的說。

「好噁！」彌助一臉嫌棄。

「跟你說只是演戲啊！還是你要我到處跟人家說，你這個年紀就去吉原跟女人鬼混啦？」久藏威脅道。

「知道了啦，少爺！」彌助鐵著臉說。

「知道就好！還有，跟我說話的時候要有禮貌喔！」久藏還不放心。

「遵命啦，少爺！」彌助不情願的答道。他心想，再也不要拜託久藏任何事了！

久藏在前頭走著，彌助就跟在他兩步後，拖著腳慢慢走。路上，彌助忍不住又問：「久……少爺，爲什麼要帶我去呢？你不是只要去親戚家嗎？爲什麼不帶你家裡的小徒弟去呢？」

「不行啦！」久藏面有難色的說：「我們要去的人家，只有一個寶貝兒子，他是我祖父兄弟的孫子，算是我的遠房堂兄弟。那傢伙從小就是個善惡不分的無賴，不知爲什麼，他從以前就喜歡找我麻煩，大概是因爲跟我同年，只要是我的東西他就要搶。」久藏忿忿的說，他小時候的玩具和糖果經常被那個堂兄弟搶走。「那傢伙的母親也很差勁，對兒子的惡行一點都不在意，讓她兒子愈變愈壞。我都盡量離他遠一點……可是，那傢伙實在太可惡了！」

久藏的眼睛燃燒著怒火：「前陣子我聽到一個謠言，說那傢伙得了不光彩的病，大概是玩過頭了吧！可是他不但不在家養病，居然還到處光顧有女人的聲色場所。」

久藏去向那堂兄弟質問，對方卻毫不在乎。「那傢伙說他要在還能出門的時候，把這病傳染給其他女人。他聽說只要把病傳給女人就會好，所以他要傳染給更多人！」

「太差勁了！」彌助忍不住罵道。

「是啊！我實在太生氣，就一拳打了他的頭，再一腳把他踢得遠遠的。我叫他絕對不准再靠近女人啦！」久藏怒聲說。

「欸，你還挺有勇氣嘛！結果呢？」彌助問。

「那傢伙的母親氣瘋了，跑到我家大吼大叫，說我傷了她的寶貝獨生子，要把我的頭扭斷。可是沒過多久，她兒子就病情惡化，連站都站不起來了。當時連醫生都說要放棄，結果她又到處求神拜佛……」久藏說，她的祈禱大概奏效了，最後寶貝兒子撿回一命。最近她大概是想道歉，一直叫久藏去她家，三天兩頭差人來邀請。

「要是以前，我不理她就是了。可是這次不一樣，我老爹說我再不去，他就要找人來跟我相親了！」久藏皺眉說。

「欸？」彌助不懂這兩件事有什麼關係。

「相親啦，相親！我老爹叫我趕快結婚，才會懂人情世故。可是我不要，我還不想被套牢啊！」久藏抱怨道。

「所以你不得不去探病？」彌助笑說。

「沒辦法，就只好去啦！不過我不想在那裡久待。所以重點來了，你只要看見我的手勢，就馬上給我裝肚子痛！」久藏又說。

「欸？」彌助又不懂了。

「演戲啦！你抱著肚子哀哀叫，我就跟他們說，你可能是得了什麼傳染病。那個鬼婆聽了，一定會馬上把我們轟出門的。」

原來如此。彌助不禁佩服，久藏就是擅長出這種鬼主意啊！

「所以你才要我假扮成你家的小徒弟？」彌助問。

「是呀！要是我把眞的小徒弟帶來，他一定會回去向老爹打小報告。換成是你就安心啦，懂嗎？」

「懂了！」彌助故意用力點頭：「久藏要是不肯去，說不定就被強迫娶個老婆來管你，那眞是太可憐了，所以我一定會幫你啦！」

「你這話可眞沒安好心，不過也罷，請你一定要幫我喔！」久藏說。彌助跟他點頭答應。

那個親戚家位在清靜的鄉間田園，是一幢美麗的房子，據說是爲了讓寶貝兒子養病，他母親特地租來的別墅。

久藏深吸一口氣才跨過門檻，高聲說：「打擾了！我是久藏，阿郁叔母在嗎？」

聽到聲音，屋裡出來一個中年女人。她的穿著華貴，大約四十出頭，看得出從前是個美人，只是眼神刻薄，雖然帶著笑意，也像瞧不起人似的，令人感覺她很高傲。

「哎呀，久藏，謝謝你大老遠來啊！」阿郁熱絡的說。

「失禮了，阿郁叔母，上回惹禍眞不好意思……」久藏禮貌的說。

「沒關係啦！我早忘了。請進來呀！」阿郁招呼他。

「我想我還是到這裡就好吧！太一郎不是才剛好轉嗎？要是看見我的臉，又昏倒過去怎麼辦啊！」久藏故意說。

「不、不，別那麼說，是太一郎自己想見久藏的。他見了你精神會好一點，就拜託你進來吧！」阿郁一邊討好久藏，一邊親熱的拉他袖子。

久藏嘆口氣道：「那麼，我就叨擾一下吧！探個頭就回去。」

「哪裡是叨擾啊！請進請進……咦，這孩子是誰呀？」阿郁這時候才注意到彌助，她臉上現出鄙視的表情。

「這是我家的小徒弟，他叫……」久藏還沒說完，就被阿郁笑著打斷：「叫什麼無所謂啦！我們趕快去看太一郎吧！嘻嘻……」

阿郁一邊笑，一邊扯著久藏的袖子往屋裡走去。彌助瞥見久藏的眼底浮起一股怒意，其實他也很不想進去，可是若在這裡把久藏丟下，是有點可憐。小鈴的事究竟是拜託久藏才辦好的，他欠久藏一筆人情啊！

彌助跟在久藏後頭，被帶到一個豪華的房間，但是紙門關得密不透風，空氣也很汙濁。

久藏的堂兄弟太一郎就躺在房間角落，全身裹在厚厚的棉被中，只露出一張臉。他長相粗獷，完全不像阿郁，大概是因爲生病，臉色蒼白，眼神呆滯。

阿郁坐到兒子旁邊，愛憐的撫摸他的臉：「太一郎，久藏來看你啦！」

「哇、呃呃……」太一郎嘴巴半開，發出像嬰兒的聲音。

「是的，是久藏喔！想起來了嗎？你從小和他一起玩到大的呀！」阿郁說。

「哇、嗚嗚……」

「沒錯沒錯，久藏給你好多東西不是嗎？他給你的竹蜻蜓，你不是很喜歡嗎？你都記得嗎？」

阿郁對兒子說了一堆話，才轉頭向久藏說：「對不住啊，太一郎大概是生過大病，記憶力變差了！爲了讓他回復記憶，醫生交代得多跟他說話，最好也讓他見見認識的人。」

「妳說太一郎想見我，原來是這個意思啊？」久藏問。

「有什麼不對嗎？」阿郁笑了一下，又轉向她兒子，說：「太一郎大約五歲的時候，很喜歡一隻久藏撿來的小狗，一直吵著要。後來把那隻狗帶回家後，牠竟然咬了太一郎一口。我馬上叫僕人把那隻狗殺了！」

「那是因爲……太一郎虐待那隻狗啊！從那件事以後，我再也不養動物了！」久藏用阿郁聽不見的聲音說。

「還有一年正月，太一郎被久藏踢到臭水窪裡，新衣都弄髒了。

他邊哭邊叫跑回來，把我們都嚇壞了！」阿郁又說。

「那是因為太一郎抓泥巴扔到鄰家姑娘身上，把她娘縫製的新衣都毀了，人家很可憐啊！」久藏繼續小聲回嘴。

阿郁不斷的說著往事，看樣子是停不下來了。

彌助的臉愈來愈僵硬，他愈往下聽，就愈討厭這對母子。忍到極限了。彌助忽然按著肚子，滾倒在榻榻米上。

「哇，痛啊！好痛啊！」他故意大叫。

「彌助，你怎麼了？你撐著點！」久藏誇張的語氣，令彌助差點就忍不住笑出來。他只好把頭埋進肚子，整個人蜷縮成一團。

只聽阿郁大聲說：「怎麼啦？這是怎麼回事？」

「對不起，阿郁叔母，我這個小徒弟從前幾天就鬧肚子，雖然給他吃了藥，卻好像沒什麼效……不知道是不是得了什麼傳染病？」久藏故作驚慌的說。

「傳染病？開什麼玩笑！這種人你還帶來我家？夠了，你快回去！趕緊把那孩子給我帶回去！」阿郁大吼。

「是、是。」久藏一把抱起彌助。彌助趁機偷偷睜開眼睛，瞄了一下。

只見阿郁雙手環抱太一郎，正怒視著他們。太一郎的棉被因此被掀開一角，露出一截手臂。

彌助嚇了一大跳。原來太一郎慘白的手臂上，畫著一個奇異的圖案，那是像蛇一般盤繞糾纏的花紋，看起來很不舒服。只是他來不及看仔細，就被久藏抱到房間外了。

一出屋子，久藏就把彌助放下來，鬆口氣道：「好啦，沒事了！」彌助腳一落地，便不好意思的說：「抱歉，等不及你出手勢，我就自己演了，因爲我實在不想再待下去啊！」

「不用道歉啦！我那時也正想給你暗示。多虧你讓我逃離那對母子，爲了答謝你，今天想吃什麼都我請客啦！」

「眞的嗎？那我要吃草餅[7]，我要吃到飽！」彌助高興極了。

「沒問題，那就到我常去的茶館吧。雖然遠一點，但他們家的草餅可是超好吃，不輸一流名店喔！」久藏笑著說。

彌助滿腦子都想著草餅，太一郎手臂上的圖案，也就被他拋到九霄雲外了。

久藏和彌助回去後，阿郁眨巴著眼睛，對懷中的兒子輕聲道：「太一郎，你想起來了嗎？那就是久藏，從小常常欺負你的傢伙啊！你討厭他、恨他吧？」

「哇，嗚嗚……」

「他眞是個可惡的傢伙，不但揍你，讓你病情加重，還到處散布謠言，害我被親戚們議論……太一郎，你得趕快把病治好。趕快好起來，就能詛咒討厭的人跟事了！」

「咯、咯、嘰、嘰……」

「是呀！爲了向久藏報仇，你得趕快好起來，然後就可以把久藏的一切都搶過來。下回，娘一定出手幫你！」

「哇，阿……娘……阿……」

「是、是，阿娘就在這裡。阿娘哪裡都不去，你是我最心愛的太一郎啊！」對著眼神呆滯的兒子，阿郁心疼的撫摸他的臉頰。

7 草餅：將蓬草磨碎，加糯米粉做成的紅豆餡麻糬。

5

華蛇族公主

「趕快談戀愛啊！」這是華蛇族初音公主奶娘的口頭禪：「現在的小公主是非常可愛沒錯，但是如果變成小姐模樣，不知會有多麼美麗。爲了趕快變成小姐，公主得交男朋友呀！」

在無數妖怪族群當中，華蛇族有一種奇特的體質。他們被養大到某個階段，就會停止成長，不過一旦開始談戀愛，卻很快就會變成大人。反過來說，如果華蛇族一輩子都不談戀愛，他們就永遠像個小孩。

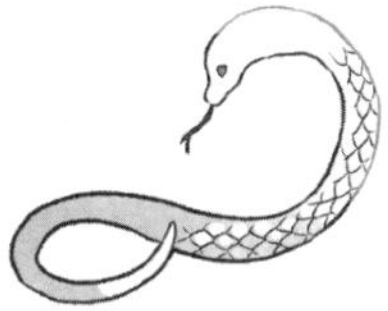

就像現在初音公主的叔公玄信，明明已經五百歲了，看起來卻像八歲的孩子。雖然初音很喜歡叔公，卻不希望跟他一樣長不大。畢竟她需要談戀愛，才會像眞正的華蛇族啊！

初音公主衷心期待遇見心儀的男子，跟他談一場動人的戀愛，變成像她母親和表姊們一般美麗的大人。但是，大家給初音介紹的男子，都是她不喜歡的類型。那麼，她又如何能談戀愛呢？

初音公主已經覺得很煩了：「奶娘，請妳不要再跟我囉嗦好嗎？」

「這是什麼話？我完全是爲了妳著想啊！」奶娘也不服氣。

「那麼，下回請妳帶個眞正會讓我愛上的人來。我不想再在一大群人當中挑選了，就像在一堆糖果當中挑三揀四一樣。我想要的是會一見鍾情的人，只要有一個就夠了！」初音理直氣壯的說。

「那麼，妳希望找什麼樣的對象呢？」奶娘問。

「就給我找個英俊的帥哥吧！每天看著都不厭倦的那種人。」初音偏著頭想。

「那麼，是像月夜王公那一型的嗎？」

「不行，我討厭他！他周圍的空氣像會刮人一樣，要是每天待在他旁邊，我的心靈不就被他割得支離破碎嗎？我要的是像他一般俊美，但是個性不同的人啊！」初音公主搖頭反對。

「哦……妳交辦的可是件難差事呀！」奶娘面露苦色，卻見初音公主故意裝得一臉天真無邪，說：「咦，叫我談戀愛的不是奶娘嗎？妳一直囉嗦，卻又找不到我想要的人，這也太無理了吧？」

「是、是，我一定努力找到公主理想的對象！」奶娘只好用力點頭。

過了幾天，有朋友來找初音公主玩，初音就把這件事告訴她。

「這樣啊……真不愧是戀愛體質的華蛇族，我也聽說過呢！」笑著點頭的是妖貓族的王蜜公主。她穿著華麗的深紅色和服，與雪白的長髮相輝映。妖貓公主與初音公主不同，是憑自己的意願，讓自己永遠維持十歲左右的外貌，她是個法力強大的妖怪。

初音暗自讚嘆著妖貓公主的美貌，忍不住好奇問道：「王蜜公主，妳都不談戀愛嗎？」

「我對談情說愛一點興趣都沒有，我喜歡的是蒐集魂魄啦！」王蜜公主笑說。

「真可惜，妳長得這麼美麗……對了，妳有沒有認識什麼帥哥？要是像妳一樣好看，我就可以跟他談戀愛了。」初音問王蜜公主。

「呵呵，妳是憑外貌取人嗎？那可還是小孩子了！」王蜜公主瞇起金色的眼睛，笑了起來。接著，她正色道：「如果妳不在乎族類，我倒是有一個人選。」

「咦，什麼人選？」初音問。

「就是妳說的帥哥啦！他有著清澄的銀白色魂魄，像難以靠近的冬日寒山那般高潔。不過這是憑我從前的印象，現在他說不定變了。這樣妳還想見他嗎？」王蜜公主說。

「想！」初音公主興奮起來，連王蜜公主都這麼讚美有加的男子，一定值得一見。說不定，這次真的談得成戀愛。

「那個人在哪裡啊？請告訴我，拜託妳！」初音的聲音高昂。

「好啦好啦，看在妳這麼可愛的份上，我就助妳一臂之力吧！」王蜜公主輕輕點頭。

咚咚、咚咚。彌助被一陣敲門聲喚醒。

「唉——」他一面揉眼睛一面開門，忽然間，睡意全消了！

門外站著一名八歲左右的女孩，穿著桃紅色的和服，絲綢般的頭髮梳成別緻的式樣，上頭插著許多黃金和珍珠做的髮飾。她的膚色雪白，有著暈紅的雙頰和櫻桃般的小嘴，眼神帶有一抹藍色，十分清澈。

彌助以為看見了櫻花仙子。

可是，那個櫻花仙子打量他一眼，卻皺起眉頭：「你可是白嵐嗎？」

「咦？啊，我不是，我叫做彌助。」彌助慌了手腳。

「太好了！就是說呀，你怎麼可能是呢？害我嚇一跳！」女孩像是安了心一般，吃吃笑起來。彌助卻覺得不舒服，好像自己被瞧不起了。

那女孩卻不顧彌助在想什麼，繼續說道：「我是華蛇族的初音公主，來這裡見白嵐，他在嗎？」

話才說完，初音就輕巧的滑溜進屋裡，環顧四周，一副吃驚的樣子：「這麼狹窄又破舊的地方，真虧有人住得下去，簡直不敢相信！」

彌助沒好氣的想，這一定是個出身高貴的千金妖怪，沒見過世面。

於是他問道：「喂，妳來這裡做什麼？像妳這樣的妖怪，家裡一定有許多奶娘和僕人，沒必要來托顧所呀！」

「托顧所？不對啊，我只是來見白嵐的。」初音說。

「所以說，這裡沒有白嵐啦……咦？」彌助終於想起來，白嵐是千彌從前的名字：「妳是指千哥……千彌嗎？」

「千彌？我只聽說他叫白嵐呀！是一個很帥的大妖怪，現在住在人類的世界。」初音說。

「嗯，那就是千哥啦！他現在改名叫千彌，就住在這裡。」彌助說。

「那麼就沒錯了！好極了，白嵐在哪兒呀？」初音很高興。

「千哥出去了……他被久藏那個混混帶出門，今天說不定會晚點回來。」彌助皺眉道。

初音一聽，美麗的小臉馬上鼓起來：「我好不容易來了，難不成就這麼回去嗎？這樣吧，我待在這裡等他回來。要是沒見到白嵐，我絕對不回去。你說你叫彌助？在白嵐回來以前，你就陪陪我吧！」

「爲什麼我要陪妳？」彌助很不高興。

「因爲這裡沒什麼好玩呀！要是你陪我，至少可以解一點悶。你當然不會拒絕吧？人類怎麼能拒絕華蛇族公主的要求呢？」初音理所當然的說。

初音公主可愛的神情中隱藏著無比的威嚴，微帶藍色的眼睛發出銳利的光芒，彌助只好投降了：「好、好啦！千哥回來以前，我就陪妳啦！」

「那就好，你是個好孩子。彌助，過來一點，告訴我有關白嵐的事。他到底是什麼樣的人？是不是像王蜜公主說的，是個大帥哥？」

「嗯，沒有比千哥更好看的人了，他是我見過最好看的。」彌助得意的說。

「他的皮膚白嗎？頭髮有多長？有沒有柔軟又光滑啊？」初音的眼睛閃閃發亮，接二連三提出問題，彌助也一一回答。因爲問的是他最喜歡的千彌，自然言詞豐富，聲音也大了起來。

「白嵐好像比我期待的更好，啊！我眞想趕快見到他！」初音雙頰泛紅陶醉的表情，教彌助生出疑問：「請問妳想見千哥，是要做什麼呢？」

「當然是看他配不配當我的戀愛對象呀！」初音說。

「戀、愛？」彌助失聲大叫。

初音點頭說：「是啊！我想談戀愛。要是不談戀愛，我就不能變成大人。如果白嵐眞的是我理想的對象，我想把他招來作夫婿呀！」

「千哥？當妳夫婿？」

「是呀！誰要當上華蛇族公主的夫婿，可是無上的光榮喔！」初音又說。

只是，對這話全力反對的人就在眼前。彌助氣憤的吼道：「等等！妳憑什麼決定叫千哥當妳夫婿啊？」

「咦？我還沒決定要不要他啊！如果我對他不滿意，當然就不會跟他結婚啊！」

初音的回答，卻教彌助更生氣了：「什麼話呀？我不知道妳是哪裡來的公主，只會講這種沒禮貌的話！千哥才不會喜歡妳這種人，他絕對不會答應跟妳結婚的！」

「你才沒禮貌！小小人類竟敢對我說這種話？」初音也非常生氣。

「囉嗦，妳回去！這就給我回去！」彌助把初音推向門口，忽然手上感覺一陣刺痛。原來他被初音可愛的指甲抓傷了，殷紅的血流了出來，彌助慌忙把傷口按住。

只見初音的眼睛發出兇猛的光芒：「你居然……居然敢對華蛇族的初音公主動粗？我這就把你的頭扭下來帶回去宮殿！讓我庭園裡養的牡丹吸你的血，一定能開出像血一樣鮮紅的牡丹花！」初音說著，手就向彌助滑了過去。

我要被殺了！彌助感到一陣恐懼從心底湧上來。就在這時，大門像被衝破一般，千彌飛奔進來。

他一腳踢開初音，衝向彌助：「彌助！你還好嗎？怎麼有血的味道……啊！你到底怎麼了？」

「沒關係，只是被割傷一點點。」彌助安慰他。

「我馬上給你止血，我們家有藥吧？」千彌慌忙找藥給彌助包紮，初音卻坐在旁邊地上，目不轉睛的看他。

一開始，初音非常生氣。她不但被人類的孩子責罵，又被人從背後一腳踢出去，她這輩子都沒有受過這麼大的屈辱。可是，當她一見到千彌，所有憤怒和痛楚都雲消霧散了！

太俊俏了！千彌比王蜜公主形容的更好看，是她這輩子從來沒見過的美男子，全身散發無以言喻的高貴氣質。千彌擔心的察看彌助，那張側臉令初音一顆心怦怦跳。

可是，千彌只是忙著照顧彌助，看都不看初音一眼。初音可不習慣這種被忽視的感覺，於是她站起來，對千彌說：「白嵐大哥。」

千彌終於回過頭來。初音忐忑的說：「你好，我是華蛇族的初音公主。我想……」

「華蛇族的公主？有什麼事嗎？」千彌的聲音像冰一般冷，但是初音並不氣餒，她裝出笑容說：「很抱歉唐突來訪，我聽聞白嵐大哥的名聲，很想見你……現在我知道了，你就是當我夫婿的最佳人選。」

千彌一聲不響。

「請你跟我一起回宮殿好嗎？我一定會立刻愛上你。只要我們談戀愛，我就會變成跟你一樣的年紀，我們會成爲一對美男美女的佳偶。對了，請你先把頭髮留長，一定會很好看的。」初音滔滔不絕的說著。

千彌還是一語不發。

「爲什麼你不回答呢？是不是擔心法力的問題？我聽說你已經失去所有妖怪的法力了。不過沒關係，只要你當了我夫婿，我就會傳授你相當程度的法力。所以不用擔心，你一定會成爲跟我匹配的另一半。」初音又說。

「這些就是妳想說的嗎？」千彌終於開口。

「欸？」初音嚇一跳，不懂他的意思。

千彌忽然露出冷酷的笑容：「哼，聽乳臭未乾的小姑娘說玩笑話，沒想到是這麼難受。戀愛？夫妻？與我何干！像妳這樣的丫頭竟想跟我求婚……未免太沒腦筋了！」

「啊？什麼？你是什麼意思？」初音真的不懂千彌的意思，開始忸怩不安。

千彌的冷笑更嚴峻了：「這樣還聽不懂嗎？真是無可救藥。我的眼睛看不見，所以無論妳如何美麗，我都沒興趣。妳只是個不速之客，又傷害我最疼愛的彌助……我雖然氣得想修理妳，但還是留給妳一條活路。從前我曾經被華蛇族的族長救過一次，就當作是回報吧！」

初音吃驚得說不出話來。

「我沒殺妳就算不錯了，趕快回去吧！沒腦筋的姑娘。」千彌又說。

初音的臉青一陣白一陣，不自禁往後退。終於，她顫抖著聲音說：「不對啊，白嵐大哥應該……不會說這麼無情的話呀！這不像是我聽說的你啊！」

「眞可惜，這就是我的本性。我無法對沒興趣的對象故作溫柔，我沒那麼有修養。」千彌說。

「可是，這些話跟你的外表不配啊！」初音還不放棄。

「不要開玩笑了！」千彌大喝：「配不配是什麼話呀？妳說話也太沒分寸。妳只想找人談戀愛，可有沒有想過我的感覺？妳光是爲自己著想，這種沒有內涵的戀愛觀只會令我作嘔！」

「怎麼……這麼殘忍啊！」初音哭喪著臉。

「如果妳眞想愛上誰，首先就得爲對方改變自己。我就是這樣，爲了獲得眞正想要的幸福，只有改變自己。我現在爲了讓身邊的人更幸福，還是每天都在努力。」千彌厲聲說。

初音說不出話來。

「這才叫做眞愛，妳會嗎？不，我想妳學不會，妳只想爲談戀愛而戀愛。那麼妳以爲我會爲妳改變嗎？算了，妳沒有那個價值，我一丁點都不想爲妳改變。請妳走吧，馬上從我眼前消失！」千彌喝道。

嗚哇哇——初音大哭起來，奪門而出。她一定是飛奔回自己的宮殿，哭到眼淚都乾了爲止吧！

看見初音受驚的模樣，彌助忍不住說：「千哥也太……冷酷了點吧？對那麼可愛的小女孩說這麼狠的話，大概也只有千哥說得出來吧！」

千彌聽了，露出不悅的表情：「你這麼說，那換成是你會怎麼樣呢？」

「我？」彌助很驚訝。

問。

「是呀！公主既然那麼可愛，難道你不想跟她談戀愛嗎？」千彌老實答道。

「呃……雖然她非常可愛又美麗，但我想我不會喜歡她。」彌助

「我也是同感。那個姑娘毫無內涵，甚至傷害你，我怎麼可能愛上她呢？真是氣死我了！要不是我欠華蛇族的族長人情，還真想把她劈成兩半！」千彌氣憤的說。

「唉呀，那我真得感謝華蛇族的族長了！」忽然，身後傳來一個成熟嫵媚的聲音，接著兩人面前出現一個十歲左右的少女。

少女穿著豪華的深紅色和服，雪白的頭髮直直垂洩下來。她長得無比美麗，一雙金色的眼珠閃閃發光，雖然看起來還小，卻散發出牡

丹一般華貴的風範和氣質，神態威儀。彌助忍不住暗嘆，比起這個少女，初音只能算是小丫頭。

可是，千彌的反應卻不一樣。他臉上的表情寫滿了不高興：「妳這隻不安好心的妖貓，這可是妳設計的陷阱嗎？」

「唉呀，白嵐別這麼生氣嘛！她把你心愛的養子抓傷了，我代她向你們道歉好嗎？彌助對不起，我沒想到初音竟然會做這種事呢！」

少女一邊說，一邊抬起彌助的手，用嘴唇輕輕碰一下。一瞬間，彌助就感覺不痛了。他掀開覆在手上的紗布，發現傷口已經完全消失。

「謝、謝謝！」彌助慌忙說。

「呵呵，不用謝啦！這也可說是我的過失。不過，白嵐變成人類，有許多不方便吧？從前這麼個小傷口，你可是一瞬間就能治好的。」

少女說。

「是啊，失去法力最不方便的地方，就是沒法馬上治好彌助的病痛或傷口。」千彌認眞的說。接著，他皺起眉頭問少女：「我可還沒問妳，爲什麼慫恿那個小姑娘來我這裡呢？妳是有什麼居心嗎？」

「我只是想讓她反省。」少女平靜的說：「華蛇族就喜歡憑外表看人，結果夫妻經常變成怨偶。我喜歡初音，所以不想讓她結不幸的婚。只是我再怎麼勸她，她也不聽，所以我就想到你啦！」

少女笑著說，結果比她想像的更刺激：「不愧是白嵐，竟然說這麼重的話，說得好呀！這樣一來，初音公主該得到適當的教訓了！說不定從今以後，她會對美男子過敏呢。不過這樣也好，所謂良藥苦口……不，應該說是以毒攻毒啦！」

「說別人是毒藥，妳可真不客氣啊！」千彌抗議。

「不要生氣嘛！虧你長著這麼好看的臉，豈不是自己糟蹋了？我可沒想跟你作對，你也不想和我記仇吧？你同我跟那隻戴面具的白狐狸，可是老相識了！」少女說。

千彌沉默不語。

「那麼，我這就告辭了！初音應該已經回宮殿了，她現在一定是在嚎啕大哭，我得去好好安慰她。」少女又說。

「行了，妳趕快給我回去！」千彌說得很不客氣，少女卻沒生氣。她對千彌正色道：「你的魂魄變了！從前是發出寒冷的青光，現在卻變成溫暖的橘紅色光芒了。」

千彌又沉默了。

「太好了，白嵐，你能遇見彌助眞是福氣。」少女微笑著說完，身影就消失了。

就像暴風雨掃過一般，屋裡恢復平靜。彌助嘆了一口氣：「那個……她眞是很厲害的妖怪啊！」

「她從以前就是一副不按牌理出牌，想做什麼就做的個性。」千彌搖頭說。

「不過，她並不討人厭啊！」彌助說。

「對吧，至少跟初音公主不一樣。她比誰都更自負，也有自己獨特的信念。只是……這就是一場鬧劇啦！」千彌說。

對著不耐煩的千彌，彌助小聲說：「千哥……」

「嗯？」

「謝謝你爲了我改變自己。我、我也要爲千哥改變自己。我最喜歡的人，就是千哥！」彌助說完，臉都紅了，因爲他看見千彌喜悅的笑容。

6

說謊少女阿秋

進入四月，天氣變暖和了，櫻花已經落盡，冒出嫩綠的葉子。就在這樣的春天晚上，好久不見的梅吉和梅婆來找彌助。

小妖怪梅吉只有一寸半高，卻總喜歡裝派頭大聲說話。但是，那天晚上他卻沉默不語。

梅婆一邊說著：「那麼就拜託了！」一邊將低頭不語的孫子交給彌助。

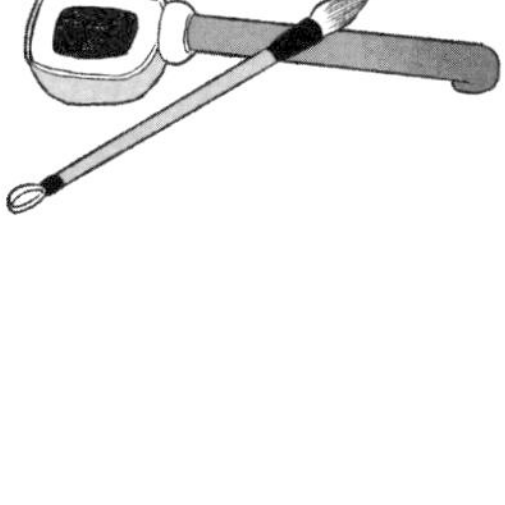

「我天亮以前就會來接梅吉，這中間可千萬別讓他出去。聽清楚嗎？絕對不行喔！拜託拜託！」她一再強調。

「我知道了！不過是有發生什麼事嗎？」彌助覺得奇怪。

「最近有一些小妖怪都失蹤了！」梅婆長得像梅仔乾的紅臉，顯得更皺巴巴了：「他們像是被誰藏起來，突然就不見了！既沒有線索也沒有痕跡，忽然間就消失了。妖怪奉行所的月夜王公和烏天狗護衛們也在拼命搜索，卻找不到任何蛛絲馬跡。聽說已經有三十個以上的小妖怪失蹤了！」

「啊？三十個……難道會是食妖魔幹的嗎？」彌助驚恐的問。

「那樣的話應該會留下食妖魔的氣味，可是卻沒有。所以大家就更害怕了！」梅婆的神情陰暗，梅吉的臉色也沒比她好。

彌助壯起膽說：「我知道了！梅婆回來以前，我不會讓梅吉走出門一步。我不會讓任何人帶走他，也不會讓他離開我身邊，這樣行嗎？」

「好、好，那就拜託了！」梅婆好像放了點心。不過她走到門口，又回過頭瞪著孫子說：「梅吉，你有聽懂嗎？絕對不能離開彌助身邊一步，絕對不行喔！」

梅吉不肯回答。

「梅吉！」梅婆大喝一聲。

「知道了啦！我不會去找的，阿媽請放心。」梅吉好不容易才開口。

「你要遵守跟阿媽的約定，絕對不能去！」梅婆嚴厲的說完，才終於離開了。

彌助把門窗都鎖緊，轉向梅吉：「喂，你到底怎麼了？」

梅吉依然不吭聲。

「你說你不會去找，是找什麼呢？難道失蹤的小妖怪裡，有你認識的嗎？」彌助問。

梅吉終於抬頭看彌助，眼淚彷彿要掉下來：「我、我的好朋友，飄飄仔由良丸不見了！」

「飄飄仔？」彌助聽不懂。

「煙霧的妖怪啦！由良丸跟我很要好，那天他說要去淺草寺聞煙的味道，卻沒有再回來了。」

「淺草寺的味道？」彌助還是聽不懂。

淺草寺是江戶數一數二的大寺廟，在它周圍和附近一帶，有各種店家和路上賣藝的人，每天像在開廟會一般熱鬧歡樂。

對著偏頭不解的彌助，梅吉說：「飄飄仔是煙霧的妖怪，喜歡聞燒香的味道，由良丸又最喜歡淺草寺的香。」

梅吉說，由良丸是在三天前失蹤的：「我想要去找由良丸，他是我的好朋友呀！可是阿媽說絕對不行，她說要是連我都不見了怎麼辦啊！」

「那是當然了！」彌助點頭。這時候，待在房間角落的千彌開口了：「我要是梅婆，也不會答應的。這麼危險的時候，怎麼能讓孫子在外頭晃蕩呢？要是換成彌助，我就是拼死命也不會讓他去的！」

「千、千哥別那麼激動嘛！」彌助縮縮脖子，轉頭向梅吉說：「梅吉，月夜王公跟他部下都盡全力在搜索了，你就乖乖等著，交給他們去辦吧！」

「可、可是……我對好朋友什麼忙都幫不上，實在很難過呀！」梅吉傷心的說。這時，彌助忍不住開口：「那麼，我明天跑淺草一趟好了，去幫你找你的朋友！」

忽然，千彌的吼聲傳過來：「彌助！你在說什麼？我剛剛才說的話，你已經忘了嗎？難道要我找繩子來綁你嗎？」

「等等，千哥你不要慌！失蹤的不都是妖怪的小孩嗎？對不對，梅吉？人類的孩子沒有誰不見吧？」彌助趕緊說。

「是呀，都是妖怪的孩子。」梅吉點頭。

「所以說嘛，我去是沒問題的。我可是人類啊！」彌助理直氣壯的說。

「是這麼說沒錯……可是，我還是不放心。我跟你一起去好了！」千彌又說。

「不行啦！」彌助大叫。原來，只要他和千彌一起去人多的地方，就一定會發生糾紛。糾紛的源頭就是千彌，因爲他只要發現人群中有誰踩到彌助，便會馬上發飆，要找人算帳，令彌助光是想起來都害怕。

彌助極力阻止千彌跟去，結果換成千彌不高興了：「怎麼這樣？我不過是爲彌助的安全著想啊！哼，也罷！你就自己去，等誰踩到你的腳，再哭著回來！要不就是手上的糖果掉了，再垂頭喪氣的回家！」

「千哥，我已經不是爲那種事哭的年紀啦！」彌助無奈的說。

總之，最後千彌勉強答應讓彌助單獨去淺草寺。

看著破涕爲笑的梅吉，彌助叫他別高興得太早：「我雖然去探查，可是不見得能找到你的朋友。要是找不到他，你可別又賭氣喔！」

「我知道！我絕對不會……謝謝你啊！彌助。」梅吉綠色的小腦袋垂得好低，向彌助鞠躬道謝。

第二天早上，彌助就一個人出發去淺草了。

雖然已經過了賞櫻的時節，淺草還是很擁擠。賣各種面具、風車和糖果的店家，都生意興隆。

彌助穿過摩肩接踵的人群，一邊睜大眼睛向四面張望。他沒有見過煙霧妖怪飄飄仔，不過要是看見了，他相信自己會知道。

當然，彌助覺得他不太可能發現飄飄仔。如果那麼容易找，妖怪奉行所的捕快早就找到他了。彌助到這裡來的真正目的，是要安撫梅吉焦急悲傷的情緒。

彌助暗忖，如果找不到飄飄仔，就買一根糖果棒回去給梅吉。他邊想邊繞了淺草寺一圈，只見到處都是香煙裊裊，卻沒有飄飄仔的蹤影。

彌助走得很疲倦，便繞到人煙稀少的寺廟後院，歇腿休息。

「唉……究竟是找不到他，我還是去找糖果棒吧！」他小聲自言自語。

這時，忽然一道開朗的聲音傳來：「你想要糖果棒？」

彌助回頭一看，只見一名少女就站在他後面。她大約比彌助大一兩歲，有一對充滿好奇心的大眼睛。少女抿著嘴角，膚色微黑，看起來聰明伶俐，身上穿的和服雖然是粗布做的，和頭上插的紅花髮簪卻很相配。

少女突然對彌助說話，令他嚇了一跳。如果是在從前，千彌以外的人對彌助開口，他都不會回答，因此附近的孩子都叫他「沒嘴巴的」，經常欺負他。

就因爲這樣，彌助到現在還是畏懼同年紀的孩子，尤其是女孩子。他最怕的是長得可愛卻心思狡猾的女孩子，因爲不知道她們會對他做什麼。

所以當這名少女對彌助開口的時候，他霎時頭腦一片空白，手腳都僵硬了。

少女卻不以爲意，她靠近彌助，說：「喂，你如果想買糖果棒，我知道哪一家店最好。我可以帶你去，那家店的糖果棒手藝最精細，你一定會滿意的。」

這個少女看起來很親切，彌助覺得她不像居心不良，就放鬆一點了：「眞、眞的有那麼好的糖果棒嗎？」

「是呀！我是攤販的女兒，對店家很熟。我帶你去，你也買一根給我好嗎？」少女又說。

「好、好啊！」彌助不自禁答應了。

「那麼說定了！你跟我來。對了，我叫做阿秋。」少女爽快的說。

「我、我是彌助。」彌助支支吾吾的說。

「喔，那我叫你小助，請多擔待！」阿秋笑著說。可是，她的笑容卻讓彌助吃了一驚。因爲那一瞬間，阿秋的臉變醜惡了！好像有什麼奇怪的東西，從她的臉底下爬出來……。

就在彌助嚇得往後退的時候，那奇怪的東西消失了，阿秋又變回普通的活潑少女。

「喂，快來呀！在這邊。」阿秋一邊笑，一邊輕快的走著。她領著彌助離開熱鬧的寺廟步道，走向人煙稀少的樹叢。

「眞的在這裡嗎？」彌助覺得奇怪。

「是呀！那個阿公很孤僻，他不喜歡人多的地方，故意找這裡做生意，很特別呀！」阿秋咯咯笑著，令彌助更不安了。他覺得阿秋的笑臉變苦澀了，好像她並不想笑，卻不得不笑的樣子。

「妳還好嗎？」彌助小心翼翼的問。

「咦，我哪裡不好？」阿秋反問。

「嗯……妳好像不太舒服？」彌助呑呑吐吐。

「哪有的事？你看你看，就在那兒呀！」阿秋說。

「什麼？」彌助卻看不到。

「就在哪裡嘛！你探頭看看。」阿秋招呼他。

彌助聽阿秋的話，撥開茂盛的草叢，只見前面有一個窪地。那個窪地並不深，像是個臭水坑，積滿茶褐色的泥水。

「這裡沒有……哇！」彌助話沒說完，忽然被人從後面一推，整個人往前撲倒，掉進水坑，臭氣沖天的爛泥巴裹了他一身，他只能慌亂掙扎。

當彌助好不容易爬起來，卻聽到狂妄的笑聲。那聲音的主人是阿秋，她扭曲著邪惡的笑臉，對彌助喊道：「嘿嘿嘿！給你好看！你想要糖果棒？那你去泥巴裡找呀！像你這麼骯髒的孩子，裹爛泥巴正好呀！」

彌助被她這麼欺負，吃驚得說不出話來。他與其說是難過或生氣，不如說是覺得奇怪。

彌助正想回她一句什麼，卻又被嚇一大跳。

只見從阿秋的喉嚨附近長出一塊黑色的斑痕，那斑痕逐漸擴大，往上蔓延，下一刻，卻又被阿秋的皮膚吸進去了。

阿秋露出痛苦的表情，虛弱的說：「你活該！」才一說完，忽然轉身跑掉了。

彌助帶著一身溼答答爛泥回到家，把千彌嚇壞了。他先是嚷著彌助會感冒，滿屋子翻找藥品，然後火速把彌助拖到公共澡堂，拼命幫他澆熱水，最後再把他推進熱氣騰騰的浴池。

雖然千彌的動作火爆，卻也把彌助一身的臭泥巴清洗乾淨，令他的身體恢復溫暖，十分舒服。

「我已經泡得很夠了！」彌助喊道。

「不行不行，你得讓身體從裡熱到外才行，再多泡一下！」千彌馬上否決。

「欸——我都快燙熟了！讓我出去啊！」彌助哀求。

「不行！」千彌又搖頭。

兩人你來我往，直到彌助快煮成紅番薯了，千彌才把他從浴池撈上來。回家的路上，彌助覺得夕陽下清涼的晚風特別舒暢。

感覺彌助心情變好，千彌才開口問：「可以說了嗎？爲什麼你變成那副慘相？」

「呃……」彌助不知該怎麼說。

「難道你不肯說？別想騙我，無論你說什麼謊，我都能馬上拆穿。

你就老實招出來吧！到底爲什麼變成那副德行？」千彌毫不客氣的教訓他。

彌助知道躲不掉了，只好支支吾吾的說出事情經過。

果然，千彌聽了大怒：「那是什麼臭丫頭？幹這種壞事絕對不能原諒！我馬上去把她找出來，給她點顏色瞧瞧！」

見千彌白皙的額頭爆出青筋，彌助慌忙安撫他：「沒關係啦！我又沒受傷，大概也不會感冒啦！」

「話不是這麼說！早知道我就一起去，你就不會受到這種待遇了……那個丫頭的名字叫什麼？」千彌跳腳說。

「千哥你鎮定一點嘛！那姑娘看起來不像是壞孩子，卻有點奇怪……人類臉上會出現黑色的斑痕嗎？那不是雀斑或胎記，而是很大一片黝黑的斑，還會像蛇一樣往上爬……」彌助說。

「你看見了嗎？是附在那個丫頭身上嗎？」千彌問。

「嗯。」彌助點頭。

千彌像是恍然大悟般，嘖了一聲說：「那個東西叫做撒謊油，是從人類的邪念產生的下等魔物，它會附著在人類身上，教那個人說謊。」

「教人說謊……？」彌助不解。

「那是撒謊油的本性，那個丫頭是被撒謊油附身了！我原本想去抓她出來教訓一下，不過既然是被撒謊油附身，也就無可奈何，只好原諒她吧！你要不要喝一點甜酒8暖身呢？」千彌似乎不打算追究了，彌助卻纏著他說下去：「等、等一下！被撒謊油附身的人，最後會怎麼樣呢？」

「她說謊會變成習慣，最後大家都討厭她，也許她會遭到報復也說不定。不過那已經跟你沒關係了吧？那個丫頭被妖魔附身，你就不要再接近她了，我們還是去買甜酒吧！」千彌說完就不再答話，彌助只能悄悄嘆氣。

那天晚上，彌助怎麼都睡不著。他的腦子裡塞滿了阿秋的事。阿秋好像有兩張臉，一張是討人厭的難看的臉，而在那底下，還有一張受到傷害的痛苦的臉。她底下那張真正的臉，令彌助感到不安。彌助想要幫助阿秋，只要一想起阿秋痛苦的表情，他就很想替她解除。

彌助愈想愈激動，忍不住從被窩裡爬起來。睡在他旁邊的千彌立刻發覺了，問道：「你怎麼了？」

「睡不著嗎？是不是肚子痛？我去幫你拿藥，還是要找醫生呢？」千彌連珠炮似的發問。

「不、不是啦……千哥，我還在擔心阿秋的事。」彌助老實說。

「你是說中午碰到的那個丫頭？爲什麼？她跟你沒關係啊！」千彌覺得奇怪。

「不是這樣說啦！」彌助忍不住搔搔頭。千彌畢竟是妖怪，遇到這種事總欠缺人類的感情，有時候很難溝通。

「你不覺得她很可憐嗎？她並不想說謊，是被人陷害的，卻讓大家誤解……千哥，你不能想想辦法嗎？有什麼把撒謊油去掉的方法嗎？」

聽著彌助拼命解釋，千彌輕輕摸他的頭，嘴角浮起溫柔的微笑：

「你眞是有同情心……我明白了，我教你把撒謊油去掉的方法。」

「眞的有嗎？」彌助太高興了。

「有的，我要是不告訴你，你就不肯睡覺對不對？不睡覺對身體不好，所以我告訴你，你就得乖乖躺回被窩喔！」千彌笑著說。

「嗯、嗯，我答應你，趕快告訴我吧！」彌助把耳朵豎起來，努力不聽漏一個字。

第二天一早，彌助又動身前往淺草寺。因爲天還早，外頭的人很少。不過準備開店或擺路邊攤的人，都已經開始準備了。

彌助向那些人打聽阿秋的事，馬上得到一堆訊息。原來阿秋在這一帶很出名，只不過是惡名昭彰。彌助一說出她的名字，大家就不屑的說：「啊，是那個說謊的阿秋？」

不過，其中也有人覺得不可思議：「她從前是個勤快的好姑娘，經常幫父母的忙。她的父親是做吉祥飾品的手藝師傅，她也會幫忙做。阿秋編的稻草馬，可是手工一流喔！」

「可是，她怎麼會開始說謊呢？」彌助問。

「是呀，她忽然就變了！說謊的惡習愈來愈嚴重，就連她父母都束手無策。我剛剛看見阿秋進了淺草寺，你去那邊應該會找到她。」那人回答。

「謝謝！」彌助道了謝，便跨進淺草寺裡。

在進香客還寥寥無幾的佛像前面，阿秋雙手合十，很努力在膜拜。

彌助覺得他知道阿秋在祈禱什麼。

「阿秋……」他輕聲叫喚。

阿秋猛然回過頭，一看見是彌助，立刻露出嘲笑的表情：「你怎麼又來了？是來找我算帳嗎？傻瓜！我不過是稍微整你一下，你就這麼生氣，未免太沒度量了！」

「我不是來找妳算帳……阿秋，妳不是眞的想說謊吧？」彌助問。

阿秋的臉色忽然大變，嘲笑的神情轉爲蒼白，慌忙反駁：「你、你說什麼？我是因爲喜歡才撒謊的，你別說傻話了，世界上沒有比編謊話騙人更有趣的事了！」阿秋一邊喊，眼角卻不停流下淚水。彌助望著阿秋，想起她在推自己進臭水坑的時候，也是這個樣子。她其實非常不想幹壞事，她的心正在吶喊呀！

彌助的語氣更溫和了：「我知道，妳並不想說謊，但是只要嘴巴一開，就會有謊言飛出來，對不對？最近妳的身體更不聽使喚，擅自做妳並不想幹的壞事，對不對？不過那並不是妳的錯，是因爲妳被撒謊油附身了啊！」

「撒謊……油？」阿秋很驚訝。

「是呀！撒謊油是會依附到人身上，教人說謊的魔物。不過，它是可以消除的，我現在就來幫妳做，我可以幫妳去掉撒謊油！」彌助興奮的說。

「哼，你說的我才不相信！哪有什麼撒謊油？一定是你亂編的！」阿秋一邊罵彌助，卻又一邊流著淚。

「我知道，妳一定想把撒謊油消滅吧？妳不必再說話，就安靜看我做。」彌助輕聲安慰，阿秋才嗚咽著閉上嘴。

彌助小心避開別人的目光，把阿秋帶到小小的佛堂後面，再從懷裡掏出墨壺和毛筆。他的墨壺裡裝的不是墨汁，而是煙灰和齒黑膏9混合的醬膏。

彌助把毛筆插進墨壺，蘸了醬膏，對阿秋說：「我現在就把撒謊油逼出來，無論發生什麼事，妳絕對不能出聲，知道嗎？」

阿秋點點頭，用力把嘴閉起來。

「妳把頭抬起來，讓我看喉嚨。對，就這樣別動！」彌助照著千彌教他的方法，把沾了醬膏的毛筆對準阿秋喉嚨，再一筆橫畫過去。

只見筆下出現一條黑色的線，接著就像噴血一般，從阿秋喉嚨冒出一股黑色的油。

那股黑油像吹泡泡般不停冒出來，往上升到空中再一一破掉。隨著油泡破掉，只聽一聲聲尖利的叫喊：「嘿嘿嘿，給你好看！」「騙你，我就要騙你！」「撒謊好痛快呀！」「哇——齒黑膏、煙灰、好噁心！」「不要啦！」「傻瓜！笨蛋！」……

阿秋似乎被黑油發出的聲音嚇到，眼睛睜得好大。她好像想說什麼，又趕緊用手把嘴摀住。

「這個就是撒謊油啊？」彌助皺著眉，用墨壺抵住阿秋喉嚨，把不停冒出來的撒謊油收進壺裡。

「不要啦！好痛啊！」「住手！住手！」「把你殺掉！」「呼呼呼！」「痛快痛快！」撒謊油不停的尖聲喊叫。

「閉嘴！趕快從阿秋的身體滾出去！」彌助怒吼。

不知過了多久，最後一滴撒謊油終於被收進墨壺裡。彌助趕緊用齒黑膏塗過的紙蓋住壺口，再用繩子綑起來密封好。

「好了，沒問題了！阿秋，妳可以出聲看看。」彌助鬆了一口氣。

「我、我……討厭說謊，嘴巴卻不聽使喚……啊，我居然能說話，能說眞正想說的話了！」阿秋似乎被自己嚇一跳，眼神非常興奮。

彌助笑著對她說：「我好像成功了！太好了！」

「哇——小助！」阿秋一把抱住彌助，嚎啕大哭起來，一邊說：「好辛苦、好辛苦呀！我只能不停說謊，讓大家都討厭我……還牽連阿爹阿娘受累……我不想說謊，卻無法停止呀！」

「那都是撒謊油陷害妳的，已經沒事了！拜託放開、放開我呀……我不能呼吸……」彌助求饒。

阿秋終於放開彌助，接著仔細打量他：「小助難道是……佛菩薩派來救我的？」

「怎麼會呢？」彌助笑著問。

「因爲那時候我正拼命祈禱，祈求菩薩不要讓我說謊，祈求祂來救我。然後小助就出現了，幫我解脫痛苦。所以，你大概是菩薩派來的使者！」阿秋感激的說。

「不是啦！我只是一個凡人。因爲剛好認識……一個懂得去邪的人，請他教我把撒謊油除掉的方法，幸好成功了！」彌助趕緊說。

「嗯。」阿秋一邊流淚，一邊笑起來。她的笑容像綻開的蓮花一般，開朗又美麗。

好美啊！彌助不禁暗嘆。他被自己的感覺嚇了一跳。

這時，阿秋伸出兩手握住彌助的手。當她碰到彌助的時候，彌助的身體忽然開始發熱，心臟也撲通撲通跳起來。

阿秋看著臉色潮紅的彌助，眞誠的說：「謝謝你，小助。太感謝你了！」

「哪、哪裡……只是一件小事。妳到底是什麼時候被撒謊油附身的呢？據說撒謊油只附在不老實的人身上，可是妳不像啊！爲什麼呢？」彌助提出疑問。

「這個……對了！就是從那一天開始，那可怕的一天……」阿秋心有餘悸的說。

「可怕的一天？」彌助問。

「是啊！」阿秋臉上浮現害怕的表情，開始述說經過。

那一天，阿秋幫父親跑腿，出門辦事。順利辦完事，在回家途中卻碰到陣雨，她爲了找避雨的地方，就離開道路走進旁邊的竹林。在竹林深處，發現了一幢蓋得很隱密的老房子。

阿秋想，躲到那老房子屋簷下，就不會淋到雨了，便很高興的跑過去，到了房子門口，才發現裡面有人的聲音。她怕打擾到人，就屏住氣息蹲到屋簷底下。

只聽屋裡的人聲繼續傳來，那是個男人的聲音，正氣急敗壞的說著什麼。不時還有另一個男人的聲音在回話，那人說什麼阿秋聽不清楚。雖然那聲音很平穩，不知怎的卻令人害怕。

那兩個男人好像在說什麼祕密，令阿秋再也按捺不住。她悄悄爬上簷下的走廊，用手指將紙窗戳破一個小洞，趴上去往屋子裡偷看。

第一個映入眼簾的是個年輕的女人，她背向外面直直的站著，令阿秋大吃一驚的是，那個女人竟然一絲不掛。她擁有雪白的皮膚、纖細的柳腰和豐滿的臀部，光看這曼妙的背影便引人遐想，可以想見面貌一定很美。只是，那個女人身上的許多地方，卻畫著奇怪的黑色紋身。

忽然，一個中年男人進入阿秋的視線，看上去是個有錢的大商人，穿著很講究，腰帶下掛著貴重的吊飾。那個男人走近裸女身邊，伸出顫抖的手撫摸她的肩膀和脖子，一邊感激的說：「百合……她就是百合啊！」

看見男人感動的樣子，另一個輕快的笑聲響了起來。看來屋子的角落裡，真的還有另一個人。那個看不見的人說：「讓您久等，這下終於完成了，您還滿意嗎？」

「呵呵……這就是我朝思暮想的百合呀！我可以把她帶回家了嗎？」中年男人說。

「可以啊！她一開始不太會動，也不太會說話。可是，只要您用心對待她，她就會逐漸變得像個人了。」看不見的人說。

「呵呵，太感激了！剩下的尾款我待會兒就叫人送來。那我就帶她回去了！百合，來啊！我們回去吧，我再也不離開妳了！」中年男人給動也不動的女人穿上衣服，接著緊緊抱著她就要出去。走到一半，卻又不安的回過頭問：「那麼……另一個人怎麼辦呢？」

「您不用擔心，我會好好處理的。」看不見的人說。

「處、處理……」中年男人好像有點遲疑。

「您不必覺得過意不去，那已經不是原來的百合姑娘了，她只剩一個空殼子。現在這個新的百合才是眞的，您就好好疼愛她吧！」看不見的人又說。

「是、是，我再也不離開她了！這才是我的百合呀！」中年男人抱起女人，就往側門方向走去。

阿秋直到這時候才發現，那個女人並不是眞的人，她只是個人偶。

正當她腦中一片混亂的時候，中年男人已經走出去了。

忽然，屋子裡又響起「嘿嘿嘿……」的笑聲。只聽那聲音的主人說道：「好了，得繼續做下一個了。唉呀！忘了得先處理原來這一個。」

阿秋循聲望去，依稀看見屋子裡有人影晃動，正在角落裡做什麼。下一秒，她的心臟忽然猛烈鼓動起來，全身止不住的發抖，太可怕了！只見一個白色的東西被人從大箱子裡拖出來，那是個又白又瘦的身體，還留著一頭長髮……

「哇啊啊！」阿秋忍不住失聲慘叫。

就在那瞬間，耳邊響起一道低低的嗓音：「被妳看到了！」

彌助臉色發青的盯著阿秋。他可以感到阿秋說的是一件恐怖的事，身體不自覺的打顫起來，勉強開口：「然後呢？」

「我恢復神智的時候，已經在我家附近的一間茶館了……我沒有進入茶館的記憶，可是，我的身體也沒哪裡受傷……就以爲那不過是一場噩夢。」

只不過，自從那天以後，阿秋就變成一個愛說謊的人，她自己也很驚恐煩惱，卻無法停止說謊。因爲光是拼命控制自己便已耗盡心力，就忘記曾經在竹林裡見過的可怕一幕了。

「我、我到底看見什麼？小助，我沒事了嗎？」阿秋擔心的說。

「當然沒事了！妳不用擔心。」彌助用力點頭，希望消卻她的不安。

彌助其實有點擔心，他覺得阿秋一定是看見什麼不幸的事。可是他不希望阿秋再爲此害怕，只好裝出不在意的樣子，告訴她：「無論妳看見什麼，都跟妳沒關係了，妳不用掛意。現在妳身上沒有撒謊油，可以過和以前一樣的日子了！」

聽到彌助安慰，阿秋好像放下心，臉上緊張的表情消失了：「這全部都是小助的功勞，太感謝你了！」阿秋愉快的笑起來，她的笑臉猶如盛夏的蓮花般，非常美麗。

彌助的胸口又像被什麼撞了一下，他的腦中一片空白，只是充滿著阿秋像花一般的笑顏。

對著發怔的彌助，阿秋喜不自勝的說：「遇見小助，眞是我最幸運的事。對了，我送你一樣東西。」

阿秋從懷裡取出兩隻用稻草編的小馬，它們身上掛著紅線做的轠繩，十分可愛。

「這是我做的，送給你！」阿秋說。

「欸，真的好嗎？」彌助有些不好意思。

「嗯，我本來想獻給佛菩薩，希望祂聽到我的祈禱。不過彌助救了我，就送給你，你願意接受嗎？」阿秋真誠的說。

「當、當然了！謝謝妳！」彌助感激的收下兩隻小馬。他想，這玩具馬的大小正好讓梅吉騎上去，給他一隻，他一定非常高興，另一隻彌助就自己留下來。

彌助覺得心頭甜甜的，他小心的把兩隻小馬收進懷裡，說：「我一定會好好珍惜這禮物。」

「嗯，太好了！我也很高興。對了，你明天也可以來嗎？我還是有點害怕……不知道會不會再說謊。只要小助在身邊，我就不用怕了……」阿秋有些難為情的說。

「我知道了！」彌助用力點頭：「明天我還會來。我會做兩個便當，就請阿秋帶我逛逛這一帶好嗎？」

「太棒了！我一定努力做個好嚮導。」阿秋的眼睛興奮得發亮。

於是，兩個孩子就道別分手了。

隔天，彌助又起個大早。這一次，是為了做便當才早起的。

「為什麼又要去找那丫頭呢？你不是把她身上的撒謊油去掉了嗎？」千彌皺著眉說。

彌助一邊煮飯，一邊答道：「她說要向我道謝，打算帶我去淺草附近觀光，我覺得挺好玩呀！」

「那我可以跟你一起去啊！爲什麼還要做便當呢？」千彌又問。

「買便當不是很花錢嗎？我做的比較好啦！千哥不用擔心，你的份我也會做好。今天中午就請你自己吃吧！」彌助又說。

「我不能一起去嗎？」千彌還是不死心。

「不行啦！你去了就會跟人吵架。」彌助大聲說。千彌聽了很不高興，他的表情彌助也不是很想看。

彌助做的是飯糰便當，爲了讓飯糰冷了還有香味，他用味噌在兩面各塗一層，再輕輕烤一下，最後加上幾片灑了芝麻的醃蘿蔔，用竹葉包起來，就是很棒的飯糰便當了。

彌助心想，阿秋一定會喜歡這個便當。他的腦中浮現阿秋的臉，忍不住心情雀躍。

「我出門了！」彌助對千彌說。

「早點回來啊！」千彌叮囑。

「嗯，傍晚前就回來。」彌助回答。

「傍晚？等等，怎麼可以那麼晚……喂，彌助！」千彌跟在後頭呼喊，彌助卻頭也不回跑出門了。

跟阿秋相約的地點，是在淺草寺境內的大楠樹下。那裡離寺廟廳堂有一點距離，比較安靜，也不會打擾其他進香客。

彌助抵達的時候，阿秋還沒來。他想自己是早到了，只好心情忐忑的等待著。

但是……過了約一炷香的時間，阿秋還是沒有出現，彌助逐漸感到不安。

彌助心想，自己是不是記錯時間或地點呢？他在寺廟周遭來回走了好幾遍，尋找阿秋。就連昨天把撒謊油消滅的地方也去了，還是沒有找到。

彌助覺得愈來愈不對勁，跑去向擺路邊攤的小販打聽，不料竟得到一個壞消息：「阿秋失蹤了。」

賣糖果的小販沉著臉，對憂心如焚的彌助說：「昨天阿秋好像都沒回家，現在她的父母正在到處找……你是她的朋友嗎？」

「嗯……是。」彌助勉強才發出聲音。

「是嗎？要是能快點找到就好了！」小販說完，順手抓了一把糖果給彌助。可是，彌助卻沒有吃糖果的心情。

阿秋不見了！她消失了！怎麼會這樣呢？彌助覺得渾身無力，腳底彷彿生出一個洞，正把他往裡頭吸，令他站不穩，便蹲了下去。不祥的黑色預感盤據心頭，他的耳中只能聽到心臟怦怦的跳動聲。

「不……不行！」彌助掙扎著站起來，下定決心，一定要找到阿秋，千萬不能放棄。他鼓起勇氣，拔腿往前跑。

阿秋到底發生了麼事呢？

就在前一天，阿秋跟彌助道別以後，輕快的走上回家的路，心情無比愉快。她不會再說謊了，不會再幹騙人的勾當了。阿秋覺得，她眞是得到解脫了。

可是，就在阿秋離開人潮擁擠的參拜大道的時候，忽然被人用力抓住，在她還來不及呼喊的當兒，就把她拖往人煙稀少的小路。

阿秋奮力掙扎，回頭一看，抓住她的是個約莫三十歲上下、工匠打扮的男人。他長得挺好看，卻沒有什麼特徵，就是那種粗看不錯，卻轉頭就忘記他長相的人。

那個男人對阿秋露出同情的微笑，說：「妳可眞麻煩呀！」

阿秋一聽，臉色瞬間發白。那聲音她不會忘記，就是在竹林裡的老房子聽到的聲音。

對著全身發抖的阿秋，那男人依然一副困擾的表情：「妳怎麼可以讓人把撒謊油去掉呢？要是不去掉，我還可以放過妳。可是到了這個地步，就非得想辦法對付妳不可了！」

我不會說出去，我不會跟任何人說，請讓我走！

阿秋想這麼說，卻怕得發不出聲，只能用哀求的眼神看著男人。

男人卻彎下腰，輕聲說：「沒關係，我不會弄痛妳的。對不對，羽冥？」他轉頭望向背後暗處，似乎在徵求誰的同意。在那暗處，傳來一陣陰森的聲音，有什麼東西躲在那裡。

阿秋睜大眼睛，正要發出慘叫，嘴巴卻被男人摀住了。「對不住喔！」男人輕輕笑起來。

就這樣，阿秋失蹤了！

---

8 甜酒：原名「甘酒」，一種米麴發酵飲料，不含酒精，通常呈乳白色，是日本傳統的營養補身食品。

9 齒黑膏：江戶時代女人流行將牙齒塗黑用的化妝品。

7

津弓消失了

梅花之鄉的小妖怪梅吉，從人類彌助那兒獲得了一個玩具禮物，他好像很得意，到處向妖怪同伴炫耀。聽到這件事，月夜王公的甥兒津弓好不羨慕。「我也想要人類的玩具！」他實在忍不住，便一個人離開宮殿，跑出去了。

津弓的行爲其實不可原諒，因爲月夜王公才剛叮囑他：「絕對不可以一個人離開宮殿！」

「可是，我只是要去彌助家，舅舅一定會原諒我的。」津弓自己在心裡解釋著，一邊輕快的向前跑。他已經記得去路，甚至可以乘著夜風飛去。

就這樣，津弓來到太鼓長屋門口。他興奮的敲門，來開門的是彌助的養親千彌。

千彌閉著眼睛，英俊的白臉面向津弓。他大概能感覺是誰上門，溫和的招呼：「是津弓吧！」

「太好了，你進來吧！彌助正在家裡，只是他精神不太好，見了你也許會好一點。你去看看他吧！」千彌說。

「嗯！」津弓高興的點頭，走進裡面的小房間，只見彌助坐在角落，手裡捏著一個稻草編的小馬，正對著點點霉斑的牆壁發呆。

津弓輕快的跑過去，大喊：「彌助，我來了！」

彌助恍惚的轉過身來，說：「欸？是津弓啊！你有事嗎？」

「我來找你玩呀！還有，我也想要玩具！」津弓叫道。

「玩具？」彌助似乎不明白。

「是呀，彌助不是給梅吉一個玩具嗎？我也要！那隻馬給我！」

津弓纏著彌助不放。

如果是平時，彌助只會搖頭苦笑，但是這天晚上卻不一樣。彌助一把推開伸出手來的津弓，喊道：「不、不行！這個不行！」

「爲什麼？你不是給梅吉了嗎？爲什麼就不能給我？」津弓不死心。

「這、這個是人家送我的。別人送我的東西，就不能給你。」彌助堅決說。

「可是梅吉也有啊？」津弓還是不放棄。

「那、那是因爲……那個人送我兩個，我才分給梅吉一個。這種玩具在淺草到處都有賣，還有很多更好的呀！」彌助說。

「那你帶我去，我們一起去！我們一起去淺草。」津弓繼續纏著他。

「抱歉……我、我暫時不想再去淺草一帶了！」彌助只好說。

「爲什麼？爲什麼？」津弓又叫。

「沒有爲什麼，拜託不要吵了！拜託你好嗎？」彌助生氣了。

「彌助你好壞！」津弓開始耍賴，手腳亂揮，一邊打滾一邊喊道：

「這也不行，那也不行！你就會欺負我！你討厭我是嗎？你只對梅吉偏心，太可惡了！我也很喜歡你呀！」

「不是啦！」彌助無奈的說。

「那、那又是為什麼？」津弓不甘示弱。

「好了！到此為止。」一個冷淡的聲音從上頭傳來，接著有人揪住津弓的領子，把他拎起來，像在抓小貓或小狗一樣。不用說也知道是千彌。

「哇——放開我！放開我！」津弓大叫。

「你回去吧！我不需要會給彌助添麻煩的孩子喔！」千彌把津弓丟到外頭，砰的一聲就關上門了。

津弓被丟到地上，既傷心又生氣，拼命跺腳：「過分！千彌跟彌助一樣過分，我要去向舅舅告狀！你們這樣欺負我，舅舅一定不會原諒的……算了！我這就自己去買玩具！」

津弓想，彌助要是知道他單獨去人類開的店，一定會說：「怎麼可以這樣亂來呢？是我不好，抱歉喔！」或是說：「你一個人去呀？好勇敢喔！」無論說什麼，彌助都會對他表達關心。津弓其實不是眞的想要玩具，他只是要彌助關心自己，爲此他什麼都願意做。

於是津弓獨自往淺草寺出發。只是他不知道，天這麼晚，淺草的店家早就關門了。

他來到一條小河前面，正要跨上橋，不知怎的卻跌了一跤。

「好痛啊！」津弓忍住眼淚想爬起來，卻嚇了一跳。

站不起來了！他的手腳黏在橋面上，動彈不得，就像被強力的漿糊黏住一般。

津弓一邊呻吟一邊掙扎，忽然感覺背後有一股奇怪的氣息。

「是誰？」他無法回頭看，只能大叫。背後沒人回答，卻傳來一種舔舌頭的聲音。

「是誰？是誰呀？」津弓怕得大聲哀叫，下一秒，只見一個龐大的黑影撲到他身上……。

「你把津弓藏到哪裡去了？」月夜王公挾著猛烈氣勢破門而入，把正在吃早飯的彌助嚇得嘴裡的味噌湯都噴出來了。

月夜王公不顧嗆得半死的彌助，一把將他提起來。他俊美的臉燃燒著怒火，三條長尾巴像龍一般飛舞。要不是千彌將手中的茶杯順勢扔向他，月夜王公可能把彌助的脖子扭斷。

月夜王公被潑了一身熱茶，身體縮了縮，不過他畢竟是法力高強的妖怪，雪白的皮膚一點燙傷都沒有，倒是冷靜了下來。他還是瞪著彌助，不過已經沒有剛才那麼大的火氣了。

「津弓在哪裡？他有來這裡吧？到哪裡去了？」月夜王公連珠炮般的問。

千彌一邊幫咳個不停的彌助拍背，一邊回答：「你的甥兒已經回去了！」

「回去了？是一個人嗎？什麼時候？」月夜王公又問。

「昨天夜裡啊！他突然來找彌助，給彌助添麻煩，我馬上叫他回去了。如果還沒到家，大概是去哪裡玩了！」千彌說。

「津弓絕對不會貪玩的！」月夜王公忽然舉起一條尾巴，往千彌掃過去。千彌順手抓了一個鍋蓋擋回去，才避過這一擊。

「一大早來吵我們做什麼？就是有這種舅父，才會有那種甥兒！」千彌罵道。

「你才無禮，竟敢對吾說這種話！津弓雖然好奇心旺盛，喜歡玩耍，但是什麼能做，什麼不行，他可是有分寸的。即使他瞞著吾外出，也絕對不會整個晚上都不回家！彌助，你要是知道什麼，馬上招出來！否則別怪吾把你的嘴巴撕破！」月夜王公轉頭威脅彌助。

「敢威脅彌助我就不原諒你！你的臉還想再被打壞一次嗎？」千彌馬上回敬他。

「你給吾閉嘴！」月夜王公怒吼。

「你才閉上嘴！」千彌也怒吼。

「拜、拜託停一下！你們兩位！」對著兩個怒目相視的大妖怪，彌助只好從中間硬插進去。

他對月夜王公說：「昨天晚上津弓的確來了。他說他想要玩具，纏著我帶他去淺草的商店。可是，被我……拒絕了！我的朋友在那附近失蹤了，我怎樣都不想再去……」彌助咬住嘴唇，感覺剛才說的話像針一般刺痛自己。

他找不到阿秋，也沒有線索，正在傷心的時候，津弓卻來了，如果不是碰到阿秋的問題，他對津弓會更和善的。

看著悔恨的彌助，月夜王公用嘶啞的聲音催促他：「你說下去……」

「是，我當時以為津弓一定回家了……說不定，他是一個人跑去淺草寺了？他看起來像在賭氣……」彌助說。

「吾追蹤津弓的氣味，到了某個地方，卻突然消失了……萬萬想不到，吾竟然會找不到那孩子……」月夜王公垂下頭，有氣無力的說。不只是彌助，連千彌都被他的模樣嚇一跳。

「不用這麼擔心吧？津弓或許碰到認識的朋友，被帶到哪裡去玩了！」千彌安慰說。

「不，白嵐你不知道，那樣的話，津弓的氣味不會憑空消失的……最近，小妖怪的誘拐事件層出不窮。這次津弓失蹤的情況，跟他們完全一樣啊！」月夜王公勉強說道。

彌助的心臟強烈鼓動起來。他一聽到津弓失蹤，就暗暗祈禱心裡的念頭不是真的，但卻還是應驗了……。

「糟了！」彌助握緊拳頭，指甲幾乎掐進肉裡。

淺草寺已經有兩名小妖怪失蹤了，就是飄飄仔和津弓。不，還有一個人，是阿秋。阿秋也忽然消失了！可憐彌助才剛把她的撒謊油去掉，讓她恢復自由身啊！

彌助想起阿秋的事，忽然聯想到什麼，叫道：「月夜王公……我不知道這件事有沒有相關……不過我聽到一個怪消息。」接著，他把從阿秋那裡聽到的話重複一遍。

在人煙稀少的竹林裡有一幢老房子，裡頭有跟活人一模一樣的人偶，有一個交出人偶的男人，和一個收下人偶的男人，還有從箱子裡拖出來的東西……。

彌助說完以後，又補充道：「這些是一個人類姑娘告訴我的。可是她也失蹤了！就在跟我說這件事的那天……」

「失蹤了？」月夜王公沉吟道。

「其實，那姑娘曾經被撒謊油附身。」千彌說。

「撒謊油？」月夜王公問。

「是啊！如果她本來就不老實，被撒謊油附身也不稀奇。可是，那孩子好像完全不是這種人，忽然就被撒謊油附上身了，而且還就在她到竹林裡的那一天……這不是很奇怪嗎？」千彌說道。

「說得也是……」月夜王公白淨的眉頭皺起來：「那房子裡的兩個人，其中把人偶帶回家的應該是人類，另一個大概是做人偶的師傅，聽起來就很可疑。」

「是啊，即使他也是人類，應該不是平常人，大概是在哪裡學過巫術。」千彌說。

「可能是掉進黑暗世界的人。」月夜王公附和。

看著眉頭緊蹙的月夜王公和千彌，彌助不禁冒出冷汗，問道：「如、如果那人專門抓小孩，他的目的是什麼？」

「不知道。」月夜王公說。

「雖然不知道，但絕對是做壞事。彌助，說不定那姑娘被撒謊油附身，是要把她的嘴巴封起來。」千彌說。

「封起來？」彌助不懂。

「是，因爲她看見不該看的事，就被淋了撒謊油，把她的嘴封起來，讓她不能說出去。會施這種巫術的人，可不是好惹的……」聽千彌這麼一說，月夜王公的臉色更蒼白了。

忽然，月夜王公站起來，往門口走去。千彌喚他：「你去哪裡？」

「在這裡待著也無濟於事，吾先去把那幢怪房子找出來！」月夜王公說。

「那房子在哪裡你知道嗎？你對人間的事很生疏吧？」千彌提醒

他。

「不管知不知道，吾這就去找。吾會把所有的法力都使出來……不快點去不行，吾必須盡快把津弓找出來，帶回宮殿。」月夜王公急促的說。

「這不像你啊！爲什麼那麼焦急呢？」千彌問。

「白嵐……津弓他是妖氣相剋的孩子啊！」月夜王公沉重的說。

千彌聽了這話，倒吸一口氣。彌助卻不懂什麼意思：「千哥，妖氣相剋是什麼呀？」

「是指生下來就具有兩種妖氣的妖怪。如果妖氣互不相容的妖怪結成夫妻，就可能生下這種孩子。妖氣相剋的孩子，大多身體不好，甚至有不少會早死的。」千彌解釋。

月夜王公點點頭，接下去說：「吾姊與妖氣無法相容的妖怪結爲夫妻，生下了津弓。津弓的體內一直有兩種妖氣在互相纏鬥，令他的壽命縮短。爲了讓津弓活下去，吾給他施的法術不下一二十種。」

「那、那津弓知道嗎？」彌助很吃驚。

「當然，津弓也知道自己的身體狀況。他每天得喝特別的藥方，吾又給他施各種法術。要不是這樣，他無法活過三天。現在已經過了一夜，只剩下兩天半。吾必須在期限內找到津弓，否則……」月夜王公還沒說完，就像一陣風般衝出去了。

千彌聽罷，突然站起身說：「彌助，抱歉，請你看家好嗎？我第一次見那傢伙這麼焦急，不能不理他。」

「千哥……難道你從前是月夜王公的朋友嗎？」彌助問。

「你怎麼會覺得呢？」千彌說。

「因爲……你們看起來感情不好，卻又很了解對方啊！」彌助說。

「那都是很久以前的事了，有空再跟你說吧。我要出去了。」千彌說完便匆匆出門了。

獨自留在家的彌助，慢慢的把剩下的早飯吃掉。他一邊吃，一邊想著津弓。

津弓是不是在哭？津弓有沒有被虐待呢？不，一定沒事的！月夜王公已經拼命在找他，千彌也去幫忙了。他們一定會很快找到津弓，還有其他失蹤的小妖怪。說不定也會找到阿秋，是，一定會的！

彌助正在胡思亂想的當兒，忽然背後的大門被推開了。他以爲是千彌，轉頭一看，竟說不出話來。

只見門口走進來一個年輕男人，他的臉彌助認得，是久藏的遠房堂兄弟，記得是叫太一郎。

太一郎關上門，對彌助乾笑：「終於找到你了……我找你好久啊，小鬼！」他陰森的聲音令彌助全身發麻，他想大喊，卻連呼吸都很勉強。

對著不停冒冷汗的彌助，太一郎愉快的說：「阿娘說久藏欺負我，我可以向久藏報復，把他的東西全部打壞……我看久藏對你特別好，就先解決你吧！」

太一郎一邊說著，一邊像熊一般撲向彌助，把他壓在地上，用手掐住他的脖子。太一郎的指頭冷得像冰一樣。

「呀……」彌助拼命掙扎，他可不願被這個混混殺掉。他對準太一郎的脖子，一拳用力打過去。

太一郎禁不住這一擊，向後倒地。彌助趁機翻過身，想往旁邊逃，卻不幸又被太一郎抓住腳。

「可惡！」就在被太一郎拖著之際，彌助抓到身旁的一根木棒，那是妖貓小黑報答他幫助小鈴的禮物。

他舉起那根像磨粉棒大小的木棒，使盡全力朝太一郎打下去。「砰！」太一郎的身體發出奇怪的聲音。彌助管不了那麼多，只是接二連三不停的打，終於，他的腳被放開了。

彌助趕緊爬起來，背抵著牆壁，看向太一郎。奇怪的是，太一郎已經不再攻擊他了，只是呆呆瞪著地面。

彌助順著他的眼光看去，卻大吃一驚。只見地上掉了一隻手臂。那是一隻大人的手臂，像蘿蔔似的滾落在地，但是並沒有流血，只有細碎的白粉散落在四周。

太一郎緩緩動起來，用左手去抓右邊的袖子，像是在確認自己的手臂似的，不停的抓著。可是袖子裡頭空空的，似乎什麼都沒有。看起來地上掉的，確實是太一郎的手臂。

「到底怎麼了……？這是我的手臂嗎？怎麼會這樣，我一點感覺都沒有……」太一郎喃喃自語，眼神卻很混濁。

最後，太一郎慢慢撿起自己的手臂，說：「我得去那個人的地方，叫他幫我修理。」他蹣跚的走向門口，再也沒有回頭看彌助一眼。

太一郎出去以後，彌助不禁兩腿發軟，跪倒在地。

「不行，我得振作起來！」他在心裡催促自己。太一郎應該是要去哪裡找人，他非得查出來不可。

彌助握緊木棒，拔腿衝出門，見太一郎正走到轉角的地方，便鼓起勇氣，悄悄跟在他後面。太一郎頭也沒回，只顧踉蹌著往前走。

不知過了多久，兩人一前一後離開鬧市，來到人煙稀少的地方。只見四周都是稻田，唯有幾戶農家零星座落其中。就在一條細長的小路盡頭，有一座小山丘。山丘整個被竹林覆蓋，風一吹過，竹葉就發出波濤般的沙沙響聲。

太一郎逕自走入竹林，彌助緊跟在後。到了竹林深處，有一塊小空地，矗立著一幢大房子。那是一幢古老的房子，茅草屋頂長滿了青苔，紙窗也到處都是破洞。太一郎像被那房子吸進去般，一下子就不見了，彌助只能在外頭，屏住氣往內窺探。

老屋裡靜悄悄的，卻有人的氣息。似乎有誰在說話，但是彌助聽不清楚。

他應該再靠近一點，還是今天先回家呢……彌助正在猶豫的時候，忽然有人開門出來。彌助一見到那人，差點不能呼吸：「阿秋！」他忍不住衝上前去。

大大的眼睛和微翹的嘴唇，頭上插著紅花髮簪，站在那裡的正是阿秋，那個十天前消失的少女。

阿秋還活著！阿秋沒事啊！彌助激動得一時哽咽。

「阿秋！妳不要緊吧？」彌助好不容易才說出話來。

阿秋卻不答話。

「是我呀，是彌助。我是幫阿秋把撒謊油去掉的彌助啊！」彌助興奮的說。

阿秋還是不說話。

「妳忽然不見了，害我好擔心哪！大家都在找妳喔！妳到底怎麼了？爲什麼消失了呢？」彌助急促的說，一邊拉住阿秋的手，可是卻嚇了一跳。阿秋的手像冰一樣冷，冷得讓彌助害怕。

就在那時候，屋裡響起一個聲音：「妳在做什麼？水在哪裡啊？」

剎那間，彌助的心底一陣戰慄，冷汗從所有毛孔冒了出來。那聲音太可怕了！雖然很柔和，卻充滿邪氣，好像從黑暗的地底發出來似的。我得逃走，得馬上帶阿秋逃走！彌助拼命想逃，兩腳卻動彈不得。

這時，聲音的主人好像發現外邊有人，只聽他說：「咦，誰在那裡啊？阿秋，把他帶進來！」

阿秋忽然開始動了，她一反剛才安靜的模樣，用巨大的力氣扭住彌助手腕，令他痛得大叫，接著一腳把他踢出去。彌助一頭撞上老屋的牆壁，昏了過去。

8

人偶師傅

彌助醒來的時候，是躺在冰冷的地上。他想爬起來，卻發現雙手被反綁。他知道自己被逮住了，臉色不禁發白。

我要鎮定，要鎮定！彌助努力深呼吸，環視周遭。因爲被綁著，他無法轉動身體，但他知道自己是在一個很窄的房間，到處堆著亂七八糟的工具和布袋，眼前有一扇門，看起來，這是一間儲藏室。

就在彌助觀察周圍的時候，忽然，眼前的門開了。進來的是阿秋，

她面無表情的一把抓起彌助衣領，將他拖出儲藏室。

「住、住手呀！阿秋！」彌助哀求著，阿秋卻像沒聽到，逕自把他往前拖，最後，將他拋到一片溼黏的榻榻米上。在那房間角落，坐著一個男人。

那個男人大概三十歲左右，長得不錯，皮膚白皙，平靜的眼神和端正的嘴唇，顯得挺有氣質。但是，他好像缺乏活生生的感覺，有點像被做出來的。他的衣著從頭到腳都是一片漆黑，無論是綁腳布或是半長袖的工作服，甚至是頭上包的黑布，看起來有如黑暗世界的幽靈。

男人開口了：「你是誰啊？來這裡幹什麼？」他的聲音又細又柔，卻令人毛骨悚然。

對著渾身發抖的彌助，男人笑了：「沒什麼好怕的呀，我什麼都沒做……不掛保證就是了，不過不會對你太壞啦！你在這裡等著，我得先做別的工作，做完再來應付你。」

說完，他對站在彌助旁邊的阿秋下令：「把水端來！」阿秋聽了馬上走出去，瞧都不瞧彌助一眼。

「你、你對阿秋做了什麼？」彌助勉強擠出聲音。

男人聽了，稍稍瞪大了眼睛：「原來你們認識？所以你才來找她？」才剛說完，他又像忽然對彌助失去興趣，自顧自的取出各種道具，包括小瓶子、毛刷、毛筆、硯台和布等等，排成一列。阿秋提來的水桶，也擱在一旁。

男人走出房間，隨後馬上回來，手裡拿著一隻手臂。

「哇……」彌助忍不住小聲驚叫。那是一隻又白又粗的手臂，截斷的地方有一些細細的裂痕，原來手臂是假的。

男人把假手臂放在墊布上頭，接著打開小瓶子。瓶中立即散出一股惡臭，那是比腐爛的泥土更濃烈的味道，混合著泥沼中藻類的腥臭味。可是男人卻不在乎，他專心的把毛刷插進瓶子，再抽出來端詳，上頭沾著一些黏液。他拿起那隻假手臂，仔細的塗上黏液，手臂上的裂痕漸漸消失了。

彌助瞪著眼看他工作，恍然大悟的驚呼：「那、那條手臂，莫非是太一郎的……」

正在專心工作的男人抬起頭來：「你也知道那個少爺？是你把這手臂打壞的嗎？」

彌助不敢回答。

「沒錯吧？是你幹的好事！這可是我花許多功夫做的，現在又要被他囉嗦的母親咒罵了！」

彌助目不轉睛的看著男人，接著視線又落在他拿著的手臂上。他到底在說什麼？他說這是太一郎的手臂，而且是他做的。到底是怎麼回事，彌助實在想不通。

看見彌助疑惑的表情，男人微微笑起來：「我叫做虛丸，是個人偶師傅啦！」

「人偶、師……？」

「是的，我做的人偶非常特別，可以把活人的臉和身體，完全複製到人偶身上。」虛丸得意的說：「你聽過黃泉人偶嗎？就是把死去的人做成一模一樣的人偶。如果心愛的人死了，誰都會覺得心裡空虛對不對？爲了填補心中的空缺，死者家屬就訂做黃泉人偶。在我生長的故鄉，許多人家裡都有這種人偶。」

虛丸說，黃泉人偶被取作跟死者一樣的名字，很受主人疼愛。只要主人的內心得到慰藉，人偶就會被焚化，這個過程稱作淨化心靈。可是，他說：「我生長在做黃泉人偶的工匠世家，但是我並不滿足。我做的人偶比活人還逼眞，所以我想，說不定能把人偶化成眞的人。就這樣，我被自己的欲望纏身無法自拔。」虛丸從此拼命學習，設法取得各種巫術的書籍，從陰陽道開始，潛入更黑暗的知識深淵。

「我被家鄉的人排斥，最後被他們趕出來了。可是我並不死心，我想要把人偶做成眞人的願望，實在太強烈了……最後，這個願望竟然很神奇的實現了！」虛丸詭異的笑說：「因爲我有了夥伴。他不知用什麼方法探聽到我的事，就來引誘我，說要幫助我。剛開始我還不相信，以為他在騙我……可是，當我照他的話做了以後，居然就大獲成功了！」

看著嘿嘿竊笑不止的虛丸，彌助不禁打從心底發寒。「你、你到底……做了什麼？怎麼叫做成功呢？」他顫抖著問。

「唉呀！說到這裡你還不懂，真是愚蠢啊！」虛丸不屑的說：「我啊，終於把人偶變成真的人了！」

老房子裡的空氣，似乎霎時冷卻下來。

「我是在做善事哪！」對著渾身發抖的彌助，虛丸繼續說：「凡是受重傷或生重病的人，我都可以把他們的魂魄，移植到跟本人一模一樣的人偶身上。只要人偶變成活的人，被移植的人跟他的家屬都會很高興。怎麼樣？我很厲害吧？」

「自己的身體被人偶取代，有人會覺得高興嗎？」彌助不相信。

「不是這麼說。人偶本來就長得跟本人一模一樣，魂魄也很容易適應新的身體。魂魄被移植的本人，甚至不知道自己的身體已經不是真的呢！」虛丸很得意。

「胡說！你做不到的！」彌助大叫。

「當然做得到啊！你看，那個叫太一郎的人病得快死了，我就把他做成人偶。可是他自己卻不知道，因爲那是我精心打造的作品啊！嘻嘻，這些都是我的夥伴幫我的呀！」虛丸高興的說。

彌助覺得很奇怪，爲什麼虛丸的夥伴要幫助他呢？是因爲同情他嗎？不，一定有別的原因。

「你給他的回報是什麼？你的同夥究竟得到什麼好處？」彌助質問。

「沒什麼啦，只是一些垃圾。」虛丸說。

「垃圾？」彌助不明白。

「是呀！我製造人偶留下來的垃圾，就是我夥伴想要的東西。那種垃圾很難處理，用燒的、用丟的或用埋的，總是會出問題。同夥幫我把他們都解決了，眞是一舉兩得啊！」虛丸愉快的說。

虛丸說的「垃圾」，要燒或丟都很麻煩，莫非是……彌助不禁臉色發青。虛丸點頭道：「沒錯！就是用剩下的身體，說難聽一點，就是屍體啦！沒辦法，人偶既然是新的身體，舊的身體就不能不處理呀，否則同樣的人不就變成兩個了！」

「你怎麼說……垃圾，那可是人啊！」彌助快哭出來了，虛丸卻一副無所謂的表情。接著，他像是對這話題失去興趣，繼續埋頭修理那隻手臂。

阿秋就站在虛丸旁邊，當他的助手。雖然她的動作遲鈍，卻很聽虛丸的話，被命令什麼就做什麼。

彌助不禁閉上眼睛，不忍心看阿秋的樣子。「你把阿秋……也做成人偶了？」他好不容易才問出口。

「是啊！我本來沒那個意思的。可是，不幸被她看見羽冥在處理屍體的樣子。對了，羽冥就是我的夥伴。」

彌助什麼都說不出來。

「總之，我原本用撒謊油封住她的嘴，讓她不能說出去。可是這姑娘不知怎的，竟然把撒謊油去掉了。我沒辦法，只好把她做成人偶。為了向她賠罪，我可是很用心做她的人偶喔！」虛丸的話，令彌助跌入絕望的深淵。

「要是我沒幫她把撒謊油去掉，阿秋說不定還活著。雖然她會繼續說謊，讓大家討厭，至少不會死也說不定……」彌助在心裡吶喊，一邊發抖，一邊怒視虛丸。生平第一次，他生出痛恨得想殺人的念頭。

「你、你這個瘋子，什麼叫助人？阿、阿秋被你做成人偶，是你把她殺了！太可惡了！」彌助大吼。

「我沒有殺她，我只是把她變成永遠都不會死的身體。這姑娘說不定很高興我幫她呀！」虛丸還在狡辯。

「怎麼可能啊！胡說八道！那、那你幹嘛不把自己變成人偶？」

彌助怒吼道。

「是啊，我總有一天會這麼做。」虛丸竟然面不改色的說：「變成人偶很好啊，可以青春永駐。我最大的願望就是變成人偶！」

「你、你真的這麼想？」彌助很吃驚。

「當然啦！我現在就在做自己的人偶。只要羽冥再進化一點，他就會幫我把我的魂魄移植到人偶身上。啊，我是多麼期待那一天到來呀！」虛丸自我陶醉的說。

彌助真是啞口無言了。

「沒關係，我不會扔下你不管的。我會把你做成跟阿秋配對的人偶，這樣你們就能永遠在一起了。很高興吧？」虛丸對彌助笑道，接著，他又開始專心的修理那隻手臂，不知過了多久，裂痕全部都不見了。

「好極了，皮膚都修好了。要把這個接回身體，還是需要黏膠，這得拜託羽冥才行。天快黑了，他應該起床了吧！」虛丸站起身，忽然轉頭對彌助說：「給你一點好處，就讓你看到最後吧！你想知道我如何做活的人偶吧？阿秋，把這孩子帶到後頭。」

聽到虛丸的話，阿秋又動了起來。她抓住彌助的衣領，把他往前拖。彌助被拖過散發霉臭味的地板，進入一個隱密的房間。那個房間還算大，充滿溫熱卻混濁的空氣。房間裡到處都是籠子，大大小小的鳥籠、蟲籠堆疊在一起，每個籠子裡都關著什麼東西。不，籠子裡關的不是東西，而是在動的生物，裡面不斷傳出小聲的喊叫：「不要啊！」「讓我出去！」那些聲音都很微弱，有的甚至只有呻吟和啜泣。

忽然，彌助聽到一個虛弱的聲音叫著：「彌、助……」他立刻轉頭，只見一個四方型的籠子裡，關著津弓。他的臉色慘白，面頰凹陷。才不過一天，津弓竟然變成這般模樣。

「津弓，你沒事吧？你很難受嗎？喂，振作一點啊！」彌助忍住心痛，大聲對津弓喊道。

「嗯……」津弓勉強回答。

「津弓，月夜王公正在找你喔！他就快要到了！所以你一定要撐下去，知道嗎？津弓，加油啊！津弓！」彌助不停喊叫，卻被虛丸像抓小貓一般，把他提著領子拎起來，瞪著他說：「這可真奇了！你也認識妖怪嗎？我看你不過是個平凡的小鬼頭呀！你到底是誰？」

「我是彌助啦！」彌助掙扎著，一邊叫嚷：「我是妖怪托顧所的主人，你才是誰啊？憑什麼把妖怪關起來？你不就是把人類變成人偶嗎？」

虛丸用不可思議的表情看著大叫大嚷的彌助，似乎不懂他爲什麼這麼問：「爲什麼？因爲我做人偶得用到妖怪呀！人類的魂魄本來是寄生在溫暖的身體當中，爲了把它移植到冰冷的人偶裡，必須有接合的道具，也就是黏膠。我用的黏膠，就是妖怪的魂魄。」虛丸愉快的說，教他利用妖怪的就是羽冥：「他願意當我的夥伴，眞是太好了！他教我把人偶變成眞人的方法，實在感激不盡啊！」

「你太可惡了！把妖怪當成製作人偶的道具，眞不要臉！」彌助怒吼。虛丸卻睜大眼看他，接著狂笑起來：「你說的話可眞奇怪，爲什麼身爲人類，卻要站在妖怪那一邊呢？妖怪不過是從黑暗世界生出來的，像蟲一般沒有價值的生物啊！」

「你說什麼？」彌助大吼。

「妖怪當中也有專門陷害人類的，我當妖怪殺手，不也是對人世間有貢獻嗎？」虛丸自得的說。

這個人眞是卑鄙，彌助心想。他自認爲是在幫助人類，其實是胡說八道。虛丸做人偶完全是爲了滿足自己，他除了爲自己著想，沒有任何人性啊！還有，彌助終於知道，最近小妖怪紛紛失蹤，就是虛丸幹的勾當。

對著氣憤得滿臉通紅的彌助，虛丸盯著他說：「話說回來，你剛剛說的還眞有趣，你是開妖怪托顧所的人？也就是幫妖怪帶小孩的人？人類怎麼會幹這種事呢？」

「我就是會啦！所以我認識許多法力高強的大妖怪，他們就快來了！我會把你幹的壞事全部抖出來，他們一定會把你劈成八塊！」彌助大嚷。

虛丸卻嘿嘿冷笑：「你不必妄想了！我們現在是在羽冥架設的結界[10]裡頭。他把小妖怪抓來的時候，都很小心不留下氣味和痕跡。所以無論是怎麼厲害的妖怪，也沒法找到這裡。」

彌助聽了，吃驚得說不出話。虛丸摸摸他的臉頰說：「你就不用再努力了，投降比較輕鬆啊！」

這時，彌助忽然張口咬住虛丸的手指。他用力咬下去，口中登時溢出血的味道。下一秒，他就挨了一拳，摔到地上。

彌助躺在地上，狠狠瞪著虛丸，只見他吃驚的盯著自己的手指。

虛丸的食指和中指裂開，冒出來的鮮血直流到手腕。他露出嫌惡的表情，喃喃自語：「血……好髒！我最討厭的就是血，又紅又臭，還黏糊糊的。這樣的東西會從身體流出來，眞是可怕！」

虛丸說罷，轉頭看向彌助，他的臉上已經毫無表情：「你……竟敢咬傷我的手指，害我暫時不能做人偶了！可惡，你沒資格讓我做成人偶……我不要你，你就直接去餵羽冥吧！」

「哼，你不會得逞，我的救兵就快來了！在羽冥出現以前，他們就會來救我的！」彌助不甘示弱的喊回去。

「傻瓜！」虛丸罵道，他的眼睛發出凶光：「羽冥早就來了！不如說，他一直都在這裡啊！」說完，虛丸抬起頭朝天井看去。

10 結界：分隔特定空間與外界的隱形界線。

9

羽冥

彌助跟著虛丸的視線往上看。在昏暗的房間天井裡，有一團白色的東西。那東西有一團棉被那麼大，正好夾在天花板和梁柱的中間。仔細一看，原來它會動，就像在呼吸一般，表面輕微的起伏。

彌助豎起耳朵，聽到那東西發出一種噁心的聲響，好像在吸吮什麼爛掉的水果。

「羽冥，你起來啦？」虛丸問道。

天井裡的聲響停止了，那東西發出顫抖的聲音：「虛、虛丸……」聽起來非常令人不舒服：「現在、在吃、不要吵……」

「唉呀，不要那麼無情嘛！我可是又幫你帶養料來了。你才剛脫皮不久，一定很餓吧？還是你不想要呢？」虛丸討好的說。

「養料、要……」白色的東西說。

「那你出來呀！要吃以前，得先做那個喔！」虛丸說。

天井裡的東西忽然膨脹起來，接著，它的前端被撐破了，有什麼生物從裡頭爬出來。那是一個奇怪的物體，長得比成人還大一點，肥胖的身軀分成一節一節，牠的表面黑黑的，上頭有許多骯髒的灰色斑點，還布滿溼答答的黏液。

彌助猛然想到，牠長得像毛蟲。天井裡的白色東西，原來是牠的

繭，也就是這隻毛蟲的巢穴。

終於，毛蟲的全身都出現了。牠的身體胖得像要裂開一般，上面長著無數如嬰兒般肥短的手，扒著天井倒掛，只有頭部轉過來朝下。

毛蟲竟然有個像人類的頭，牠稀疏的頭髮黏在平板的灰臉上，四個細小的眼睛凹陷，沒有鼻子，只有一個扁扁的小嘴。牠倒懸在天井上，卻伸長脖子，將可怕的臉靠近彌助。彌助以為要被吃掉了，忍不住慘叫起來。

幸好，可怕的事沒有發生。毛蟲把頭轉向虛丸，眼睛發出凶光，說：「他、不是、還活著……？」

「沒問題，我會把他的脖子扭斷，讓你能快點吃。不過在這之前，你可以把那東西給我嗎？我修理要用的，所以不必太活蹦亂跳，就先挑那邊那個有氣無力的吧！」虛丸說罷，指著津弓的籠子。

毛蟲聽了，開始沿著天井爬過去，再爬下牆壁，朝津弓的籠子靠近。彌助不禁寒毛直豎。這樣下去，津弓馬上要遭到不測了。

他心想，必須阻止毛蟲，便對著牠大喊：「喂，羽冥！羽冥！」

毛蟲聽到呼喊，停下動作。牠可怕的臉再度轉向彌助，彌助趕緊說：「羽冥，你爲什麼幹這種事？你不也是妖怪嗎？爲什麼要殘殺自己的同胞呢？你不覺得他們很可憐嗎？」

「可、憐……？」羽冥說。

「是啊！你下手的對象是妖怪同胞，怎麼這麼殘忍呢？你不覺得慚愧嗎？」彌助用力說。

羽冥聽了，沉默好一陣子。牠似乎在咀嚼跟消化彌助話裡的意思。終於，牠回答了：「同胞、不是……」

「咦？」彌助不明白。

「同胞、不是。羽冥是、骸蛾。骸蛾的同胞、只有、骸蛾……羽冥要、生蛋。很多、很多……」羽冥說，牠爲了生蛋，必須吃很多東西，才有力氣生很多蛋。

「死人的肉、喜歡。軟軟的、好吃。可是、羽冥、不能碰、活的人。人再多、也不能、抓來吃。虛丸、把屍體、給我。我幫他、抓、小妖怪……」羽冥繼續說。

「可是，你再怎麼需要養料，也不能做這種邪惡的事啊！」彌助大聲抗議。

「不、邪惡。其他、妖怪、有給我、養料、嗎？有給我、力氣、嗎？只有、虛丸、給我。所以、羽冥、幫助、虛丸。幫、虛丸、織線……」

「線？」彌助又聽不懂了。

「羽冥的、線、很特別。妖怪的、魂魄、捻一捻、做出來。做好線、虛丸就、給很多、養料……」羽冥說。

「嘿嘿，爲了得到牠織的線，要我準備多少屍體都可以。」虛丸笑起來，羽冥也搖晃身體，一起發出可怕的笑聲。

彌助忍不住牙齒打顫，他咬牙道：「就爲了這樣，你們聯合起來殺害小妖怪啊？」

「殺害？別說得那麼難聽嘛！我們沒有殺小妖怪，只是把他們的魂魄抽出來，織成縫線罷了！」虛丸說著，就從後頭的籠子裡，抓出一個東西，舉到彌助眼前。

只見在他手上，是一隻像老鼠那般大小的狸。牠的毛色很黑，穿著一件可愛的紅背心。

「豆子狸！」彌助大叫。可是，豆子狸動也不動，只有肚子稍微起伏。

「就跟你說吧，他還活著。妖怪的魂魄是結合人偶身體跟活人靈魂的道具，所以是我的必需品。」

彌助震驚得一句話都說不出來。

「可是現在有點麻煩，因爲我把小妖怪的魂魄抽出來以後，他們的身體都沒處放。既不能丟到外面，羽冥也不肯吃。最近一直在增加……我可能要放棄這破房子了！」虛丸說。

究竟他奪走了多少小妖怪的魂魄呢？彌助的身體彷彿凍結了。

這時候，羽冥好像不耐煩了：「虛丸、你說、太久……」

「唉呀，對不住，讓你久等了！因爲這個小鬼挺有趣，他是人類卻認識許多妖怪，可眞稀奇啊！」虛丸笑說。

「妖怪、認識……」羽冥瞪著彌助，忽然四隻眼睛炯炯發光：

「我、知道、你……以前、見過。晚上、沒線了。以爲、你是、小妖……靠近、才知道、是人類。很失望……」羽冥說。

彌助忽然想起來，他上回去澡堂幫舔汙垢妖怪撕掉符咒，回家的路上有過奇異的感覺。「原來那就是……羽冥？」彌助吃驚的說。

「你已經碰到過羽冥了？在哪裡？什麼時候？」虛丸似乎很感興趣。

「我曾經被一對妖怪父子拜託，去幫他們把擋住去路的符咒除掉。當我撕掉符咒以後，感覺吹過一股陰風，那陰風追上我，說『怎麼是人類？』然後就消失了！」彌助說。

「原來如此。那符咒其實是羽冥織的線做的。只要法力微弱的妖怪摸到它，就會被記號附身，羽冥也會知道他們在哪裡。就像是張著等待昆蟲上鉤的蜘蛛網啦！」虛丸得意的說，到處張貼符咒的就是他本人：「剛開始我們捕到許多小妖怪，可是最近他們學聰明了，變得很難抓。我們不得不想新的手段……不過那都是後話了。羽冥，你還是先把那個小妖怪的魂魄織成線吧！我要修理人偶的手臂，不能沒有那個。等你做好了，我就把這小鬼的脖子扭斷，送給你當養料！」

「懂、了……」羽冥回答。牠又開始移動，伸手去抓籠子裡的津弓。

「津弓，快逃啊！」彌助大叫。但是，津弓好像失去知覺，任由羽冥將他抓住。

忽然，羽冥怪異的臉向上翻開，從裡頭伸出一些細長的白線，每一條線都不停扭動。彌助這才發覺，那原來是羽冥的舌頭。牠的無數條舌頭像麵線般往前蠕動，一直朝津弓的臉伸過去。

這時，津弓才睜開眼睛。他看著羽冥的舌頭伸過來，張口問：「是什麼……？」羽冥的舌頭趁機伸進他嘴裡。津弓小小的身體彈了起來，卻被羽冥緊緊抓著，無法逃走。

彌助想，津弓是沒救了！忽然，傳來「呀——」的一聲大叫，接著有什麼東西擦過他身邊。彌助轉身一看，只見地板上插著藍色的冰刀。那塊冰有大人的手掌那麼大，邊緣像利刃一樣尖銳，周圍呈鋸齒狀。彌助環顧四周，到處都插著冰刀，有的還衝破天井或穿過牆壁。接著，他看見羽冥放開津弓，從牆壁上摔下來。

羽冥就像被鳥啄傷的蟲一般，身體整個蜷縮起來。牠的身上多了許多傷口，黃色的體液不斷流出來，顯然是被冰刀刺傷了。

彌助再看向津弓，他沒有外傷，但是全身泛出靄靄白光，雙眼圓睜，眼球卻像藍色的彈珠一般，毫無生氣。

津弓的魂魄是不是被吸走了？彌助恐懼起來。

另一邊，虛丸看見羽冥的樣子，驚慌的衝過去，問道：「你怎麼了？沒事嗎？」一面檢查牠的傷勢。

彌助想，現在正是時候，便悄悄移動，向身體斜後方的冰塊靠近。他把被反綁的雙手，伸向插在地上的冰刀邊緣，磨幾下就把繩子割斷了。

由於被捆綁太久，彌助四肢發麻，無法靈活伸展，只能奮力朝津弓爬過去。津弓身上依舊發著銀光，而且還散出冰冷的寒氣。

「津弓，你沒事吧！撐著點啊！」爲了不讓虛丸他們聽到，彌助小聲對津弓呼喊。但是，津弓卻閉上眼睛，身體的光和寒氣也同時消失了。

彌助實在搞不懂究竟是怎麼回事。就在這時，虛丸衝過來，兩眼直豎，怒道：「這個小鬼！你、你把羽冥怎麼了？」他一邊吼叫，一邊伸手把津弓抓起來。

「住手！」彌助奮力抓住虛丸的腳，卻被他一腳踢開。只見虛丸用力搖晃津弓，叫道：「你幹什麼？你是在裝睡嗎？你把羽冥怎麼了？牠的舌頭都凍僵了！」

彌助轉頭一看，羽冥的舌頭果然凍成藍色，動彈不得。一個念頭閃過他的腦海，他知道不管結果如何，一定得試試看，否則津弓就要被殺了！

彌助打定主意站起身，「哇嚓——」他發出自己都聽不懂的怪聲，朝羽冥撞過去。

羽冥的身體非常強韌，而且又溼又黏又冰，還發出惡臭。彌助極力忍耐，死命攀住羽冥的身體不放。說時遲那時快，伴隨著巨大的響聲，羽冥整個彈跳起來，像是被燒紅的鐵烙印一般，隨即又掉下來癱在地上。

彌助知道，他勝利了！原來，羽冥是不能被活人觸摸的。對牠而言，活人就像是劇毒，否則牠大可以殺害人類再吃掉屍體，這樣牠就不必跟虛丸談條件交換獵物了。

彌助感覺羽冥的身體被壓在自己身下，開始慢慢融化了！

「呃呃呃……啊啊啊……」羽冥不斷前後翻滾。彌助拚命抱住牠不放，覺得自己的內臟快被壓扁了。

這時，只聽虛丸氣急敗壞的喊道：「羽冥，不要動！讓我把那小鬼抓住！羽冥，你沒聽到嗎？喂，阿秋！去把那小鬼抓下來，把他跟羽冥分開呀！」

虛丸一聲令下，阿秋就開始行動了。她好像完全不怕羽冥翻滾的巨大軀體，直直往前走近。忽然，傳來「喀！」的一聲，只見阿秋的右腕被羽冥掃到，歪向外側。但是，阿秋好像完全不痛，也不退縮，只是更靠近羽冥。她用雙腳和剩下的左手，三兩下就爬到羽冥身上。

阿秋伸手抓住彌助的腳，開始扭轉。彌助感到腳上一陣劇痛，不禁鬆開攀住羽冥的手。接著，他就被甩到地上了。

虛丸立刻衝過來，叫道：「你這小鬼，好大膽子！」他憤怒的提起腳，朝彌助踢下去。

「啊……」彌助感覺自己已經完了，意識逐漸墜入一片模糊。

10

打破人偶

當彌助恢復知覺時，發現自己還活著，只感到不可思議。不，他不可能還活著……虛丸絕對不會原諒他傷害羽冥，絕不會放他生路的。那麼，自己是不是也被製成人偶了？

「哇——哇——」彌助嚇壞了，抱著頭大叫起來。

忽然有人用力抱住他，說道：「彌助，沒事了！沒事了！」

彌助聽到那聲音，不禁呼出一口大氣。是千哥，是千哥的聲音！

自己是在作夢嗎？他緊張的抬頭往上看，沒錯，抱住他的正是千彌。

「千、千哥……你來救我了？」彌助差點哭出來。

「當然是我。不過，這次眞是很危急啊！差點以爲來不及了！」千彌說。

「怎、怎麼找到我？千哥是怎麼來的？」彌助問。

「是久藏告訴我的，待會兒得好好感謝他喔！」千彌說。

原來，千彌跟著月夜王公到處尋找津弓，卻始終覺得哪裡不對勁。到了傍晚，他返回住處，竟發現彌助不見了，家裡還留下打鬥的痕跡。這下子，彌助絕對是遭遇不測了！

千彌衝出家門，正好碰見久藏，便問他有沒有看見彌助，久藏卻說，他正是爲這件事來的：「今天中午，我看見我的遠房堂兄弟，他的樣子很奇怪。我實在不想跟他碰面，就躲到路邊。過一會兒，彌助卻出現了，他好像在跟蹤我的堂兄弟……」

「那你就隨他去嗎？」千彌吼道。

「你、你不要那麼兇嘛！我也是沒辦法呀！當我想叫住彌助的時候，卻被認識的人逮住了。那人一直催我還欠他的錢，跟我囉嗦……」久藏支支吾吾的說，當他好不容易擺脫那個人，彌助卻已經不見了。

千彌認為，彌助不可能跟蹤一個無關的人，於是他跟久藏分手以後，便立刻去見月夜王公。月夜王公正急著尋找津弓，很不高興被干擾。

「彌助好像知道津弓被抓去的地方，只要我們循著彌助的氣味找過去，最後也會找到津弓的。」千彌試著勸他，希望月夜王公有所行動。

「結果竟然是眞的，我也嚇一跳。信口瞎編還成眞了呢！」千彌笑說。

「千哥……你敢向月夜王公編瞎話，可眞有膽量啊！」彌助也笑了。但是，千彌卻沉下臉：「那我問你，爲什麼趁我不在的時候冒這種險？害我差點嚇得沒命！」

「對不起……我先是被太一郎攻擊，當我反擊的時候，他的手臂竟然掉了！我當時就想，得跟蹤他去查個究竟……唉，我的腦袋亂成一片，都忘了前後發生的事啦！」彌助苦著臉說。

「開玩笑！你知道我多擔心嗎？當我們追到竹林的時候，你的氣味突然不見了……我們找得要死，卻都找不到。後來，我們想要轉到別的地方，忽然這幢房子就出現了，眞是嚇一大跳！」千彌說。

「那你們剛開始……都沒看見這房子嗎？」彌助問。

「是啊！這房子大概是被很強的結界罩住了。不知爲什麼，它忽然被打破，房子就出現了！」千彌說。

「所以，你們就找到我們了？那津弓呢？」彌助又問。

「津弓被月夜王公帶回去了！若不馬上給他施法術，可能會來不及，所以月夜王公拼命趕回去了。那麼寶貝的甥兒，他應該不會失敗吧。」千彌解釋。

「所以，津弓會活下來了？」彌助這才稍微安心。

但是，他忽然想起虛丸他們，臉色又鐵青起來：「千哥……他們呢？」

「你是說那兩個怪物？」千彌冷笑。

「是啊，虛丸跟羽冥……他們怎麼了？」彌助害怕的問。

千彌忽然大笑起來，模樣令人不寒而慄：「那兩個傢伙這樣虐待你，我怎麼可能原諒他們呢？當然是被我解決了！我實在不想說……想起那場面都不愉快啊！」

看著千彌有些難受的表情，彌助這才發覺，他的嘴唇破了一個小洞，還有點腫起來。彌助一邊想像究竟發生什麼事，一邊環視周圍。

他知道自己還在那房子裡，但是堆得像山的籠子都被打破了，裡頭的小妖怪已經一個不剩。天井掛著的羽冥巢穴，也完全消失了。

「小妖怪都到哪裡去了？」彌助問。

「月夜王公的部下及時趕到，把魂魄沒有被吸走的孩子，都從籠子裡放生了！」千彌說。

「那魂魄被吸走的呢？」彌助遲疑的問。

「也被帶走了。他們要把用妖怪魂魄做的人偶都打破，取回孩子們的魂魄，讓他們再醒過來。這樣做應該是沒問題，只是，我把這個人偶留下來了。」千彌說著便側過身，在他後面出現的，是阿秋。

「阿秋！」彌助叫道。

阿秋的模樣十分狼狽，右手腕向外折，臉和喉嚨都裂開了，膝蓋無力，跪在地上動也不動。

「阿秋，阿秋！我是彌助啊！妳要撐著點！」彌助大叫。

「你怎麼喊也沒用吧！」千彌說。

「為什麼？她也被打破了嗎？」彌助傷心的說。

「不，她沒有被打破。只是，這姑娘的魂魄沒有跟人偶黏好，只能聽人偶師傅的話，就像個木偶玩具啊！」千彌說。

彌助含著眼淚，望著殘破的阿秋人偶。他知道，阿秋的魂魄還在裡面，但是……

「我們、不能……把她留下來，對不對？」彌助勉強問出口。

「你知道原因吧？」千彌溫和的說。

「嗯……」彌助知道，只要阿秋的人偶還留著，就有一個小妖怪沒法醒過來。虛丸製作的活人偶，是一個都不能留下來的。

彌助的心快碎了，他實在不想讓阿秋死掉啊！最後，他努力擠出話來：「千哥……」

聽到彌助痛苦的聲音，千彌溫柔的摸摸他的頭，說：「讓我來，好嗎？」

「嗯……請你把阿秋打破，讓她得到自由吧！」彌助懇求道。

「我知道了，那麼……就早點讓她解脫吧！」千彌說完，很快的就把人偶打破了。

看見倒在地上的阿秋，彌助驚訝的發現自己居然鬆一口氣。躺在那裡的，早已不是阿秋，只是個人偶罷了。他知道，眞正的阿秋已經從人偶當中解脫，恢復自由的靈魂了。

「阿秋，我眞想和妳一起吃飯糰啊！」彌助在心裡說著。懷著悲傷、悔恨和一點點安心的感覺，他對千彌說：「謝謝你，千哥。」

千彌知道，如果阿秋的靈魂在解脫升天的時候，不讓彌助看見，他會留下永遠的遺憾。因此，千彌刻意留下阿秋的人偶，讓彌助見她最後一面。彌助爲此非常感激。

「我們回家吧，千哥。」彌助說。

「好，你站得起來嗎？要我背你嗎？」千彌問。

「不要啦！我又不是小孩子了，自己會走啦！」彌助趕緊說。

「眞的嗎？可是，那個人偶師傅用腳踹你，你頭上腫好大的包啊……還是讓我背吧？」千彌不放心的說。

「說不要就不要啦！」彌助又叫。

就在他們倆你一言我一語的時候，月夜王公又像一陣風般現身了。

他突然出現並不稀奇，可是彌助卻還是嚇了一跳，因爲月夜王公的面具裂開了！就像是被誰用拳頭揍過一般，整個凹陷下去。

彌助不禁冒出冷汗：「難道……你們兩個打架了？」

只見千彌和月夜王公同時「哼！」了一聲，轉身背對彼此。

「這傢伙，講那沒道理的話，太令人生氣了！」千彌憤怒的說。

「什麼叫沒道理？明明是你只爲自己著想啊！」月夜王公回敬他。

「那個人偶師傅竟然敢踢彌助，把他解決掉是我的權利啊！」千彌說道。

「傻瓜！他抓了吾可愛的津弓，還差點把他殺了！連同那隻骸蛾妖蟲，都應該歸吾處分。因爲你吵著要分，吾才把骸蛾讓給你，對你還不夠好嗎？」月夜王公怒吼。

「開什麼玩笑！」千彌也吼回去。他和月夜王公怒目相視，絲毫沒有退讓的意思：「你擅自把人偶師傅綁走，還說這種歪理？我就是不服氣……你到底有沒有給他應得的懲罰？要是你不公平，我可就另作打算了！」

「這還用你說？吾當然判他比下地獄更痛苦的刑罰了！」月夜王公高聲道。

「是什麼罰？」千彌問。

月夜王公冷笑道：「把他打進牢裡了！」

「就那麼簡單？只有關進監牢？」千彌不服說。

「當然不只如此。那惡人不是認爲血肉是骯髒的嗎？他想要把自己製成人偶，以爲這樣可以清清淨淨活下去。所以，吾把他關進牢裡，故意給他做人偶需要的材料，命令他做一個完整無缺的人偶。」月夜王公續道：「吾告訴他，只要他做出跟自己一模一樣的人偶，吾就幫他把靈魂引渡過去。」因爲月夜王公這一席話，現在虛丸正專心致志的做著自己的人偶。

「那麼人偶完成後怎麼辦呢？」千彌問。

「當然，吾就在他面前把人偶打破！他一定會大受刺激，可是絕不會死心。吾就跟他說，你做得不好才被打破，下次做一個更完美的，吾就實現你的願望。這樣一來，他就會一直做下去。」也就是說，無論虛丸做了幾個人偶，月夜王公還是會把它們打破，一直到永遠……。

彌助在一旁聽了，不禁背脊發寒。可是，千彌卻同樣冷笑起來：

「太高明了！每當一個人偶被打破，虛丸就會嘗到比死更大的痛苦。這麼說來，我把骸蛾輕易碾碎，可就錯了！」

「正是啊！你才應該反省。」月夜王公教訓道。

要是放任不管，他倆可能吵個沒完沒了，彌助只好見縫插嘴：

「對了，月夜王公，請問津弓怎麼樣了？」

「津弓已經沒事了！雖然體力衰弱，但睡一晚就會好。他實在是個幸運的孩子啊！彌助，吾想問你一件事。」月夜王公忽然想起什麼，問彌助道：「津弓有哪裡改變嗎？他看起來是不是跟平常不一樣？」

「好像……他的身體會發光！」彌助把自己見到的都說出來，包括羽冥要把津弓的魂魄取出來的時候，忽然冰塊到處飛散。還有，津弓的身體發出銀光，眼睛也變成藍色。

月夜王公聽著，一邊點頭：「津弓因爲受到逼迫，他體內的封印就破除了一個，把隱藏的能量放出來。不過，這回放得正好。要不是津弓把能量釋出，那骸蛾架設的結界就不會破掉，吾等也無法發現這個房子了！」

「也就是說……津弓把結界打破了嗎？但是，津弓不是妖氣相剋的孩子嗎？妖氣相剋不是會令他變得衰弱嗎？」彌助不太明白。

「正好相反。」月夜王公答道：「妖氣相剋的孩子，是同時具有兩種妖氣。也就是說，他們比其他妖怪更強大。但是，這兩種妖氣彼此不相容，互相排擠，因而生出衝擊的巨浪。若他們的身體承受不住，就會被擊垮。」所以，月夜王公得用好幾重封印，才能把津弓體內的妖氣壓制住。但是他的妖氣還是拼命往外衝，因此每隔三天就得重新封印一次。

「津弓一生都無法駕馭他體內強大的能量，那是一種破壞之力。」月夜王公說。

「真可憐……」彌助不禁嘆道。

「不，你不必同情他，津弓並沒有你想像的不幸。」月夜王公斷然道。接著，他轉過身說：「吾只是來看那骸蛾如何被解決，沒想到浪費這麼多時間。吾得早點回去看津弓才行了！」語畢，他便立刻消失了。

千彌聳聳肩說：「這傢伙真是彆扭，他明明是怕你擔心津弓，特地來向你報平安的。」

「月夜王公會那麼有感情嗎……？」彌助不敢相信。

「你別看他那樣子，其實是有感情的。之前你被食妖魔弄傷，津弓不是拿仙丹來給你嗎？那是月夜王公暗中指引他的。要不是如此，他不會故意在津弓面前說明藥效。他其實是很關心你的，自己不好意思把藥拿來給你，才利用津弓。他就是這麼不乾脆的個性啊！」千彌說道。

「你怎麼那麼清楚……千哥跟月夜王公之間，到底有什麼過去呢？今天可以說給我聽嗎？」彌助太好奇了。

「改天再說吧！我們該回家了。你還是讓我背吧！」千彌吆喝。

「不要啦！要是又碰見久藏，他一定會嘲笑我……」彌助拼命搖頭。

「久藏被他欠錢的債主逮去，不會來找你麻煩了。你就不要再任性，難道還要讓我擔心嗎？」千彌說。

「呃……」結果，彌助無法拒絕千彌，只好讓千彌背著他回太鼓長屋了。

那天晚上，江戶的許多地方，都吹起奇怪的風，那是一種像小鳥振翅混合叮噹鈴聲的清風。隨著清風吹起，出現一些彷彿被吸走生命的人，一個個倒臥在街頭或家中。他們都是曾經生大病或受重傷，卻忽然痊癒的人。但是，竟然一瞬間就死去了。

那些人死了之後，他們家人的反應更是奇怪。「為什麼你被打破了？」「你再動一下啊！快叫那人來幫你修理啊！」有人抱著遺體大哭，還有人拒絕將死者埋葬。

但是，其中也有彷彿看開的人：「畢竟這樣做是不對的。我們不應該把你做成人偶。這樣也好，你終於可以永眠了……」然後他們開始準備喪禮，像是放下了心中的石頭。

● 終章 ●

彌助一個人無精打采的坐在房間角落。他知道，還有一堆家事等著他做。陶壺裡的味噌醬菜得重新攪拌、千彌的木屐得刷洗、晚飯的菜色也得準備。但是，他卻怎麼都提不起勁。他的心情沉重，就是動個手指也覺得累。

這時，大門被推開了，只見久藏探頭進來。「咦，小狸助怎麼一副落寞的樣子？這可真奇了！是要下雪了嗎？」久藏笑著說。

看見天敵久藏，彌助一點反擊的力氣都沒有，反而淡淡的說：「久藏真好呀，一直都這麼樂天派，簡直教人羡慕。」

「什麼？你說這話是在笑我嗎？你可是遇到什麼事？」久藏奇怪的問。

「沒有啦……你要找千哥的話，他去賣菜的富八家按摩了。」彌助說。

「哦，富八那傢伙又扭到腰了？算了，我今天不是找千彌，是來找你的。」久藏坐到彌助旁邊，靜靜的說：「太一郎死了。」

彌助看著久藏，不發一語。久藏繼續說：「他躺在荒涼的河邊，過很久才被路過的人發現……不知道是不是被野狗咬了，右邊手臂不見了。」

「你爲什麼告訴我呢？」彌助問。

「你前幾天不是跟在太一郎後頭嗎？我看你好像對他很好奇，所以才來告訴你。對了，他失蹤的那天，就是你跟蹤他那一天啊！」久藏好像想問什麼，卻只瞥了彌助一下。

一瞬間，彌助眞想告訴久藏所有發生的事。但是，他還是忍住了，只有改口問久藏：「太一郎是你的遠房堂兄弟對不對？他死了你會傷心嗎？」

「不會。」久藏立刻搖頭：「你也知道他是什麼樣的人。雖然我不想說死人壞話，但是他死了會傷心的，大概只有他的親娘阿郁吧！其實，那時阿郁像瘋了一樣，嘴裡淨說一些顚三倒四的話。她說太一郎怎麼會被打破，只要再修理一下就會動，不能把他埋葬等等。」久藏說，最後她竟拿出菜刀，揮舞著不讓別人靠近太一郎遺體。

久藏又說，太一郎家族的人沒辦法，只好把阿郁關進別墅，找人看著她。現在阿郁就待在一個小房間，每天抱一個布娃娃，不停對他說話。

「算了，不再提這種聽了難過的事。」久藏像是要轉換氣氛，雙手一拍，說：「我該走了，跟這種沒精神的小狸助在一起，也不好玩啦！」

就在久藏要出去的時候，彌助忽然想起一件事。他想問的，是無法向千彌提的問題：「喂，久藏……你記得第一次喜歡上的人嗎？」

久藏聽了，露出不可思議的模樣。接著，他的表情轉爲認真：「記得呀！那是絕對不會忘記的。」

「可是……你不是有一大堆女朋友嗎？那你還記得第一個啊？」彌助遲疑的問。

「當然啦！男人絕對不會忘記自己的初戀。可是，初戀往往是以失戀收場，只能繼續找下一個心上人了。」久藏答道。

彌助垂下眼皮，想著阿秋。阿秋是除了千彌以外，他第一次喜歡上的人。尤其是她被彌助除去撒謊油以後，那個燦爛的笑臉，仍然在彌助心中燃燒。

彌助想，這種感情，他還能在別人身上找到嗎？

「我沒辦法……」他喃喃說。

「咦？」久藏不知他說什麼。

「我想……我不會再喜歡別人。我跟久藏不一樣啦！」彌助呑呑吐吐的說。

久藏聽了，伸出手亂搔彌助的頭，說：「你可以啦！就算初戀沒有好結果，你還是可以再談戀愛，一定還有跟你互相喜歡的人……其實，我也在找那樣的對象呢！」久藏說著，眼神忽然飄向遠處：「我在找能共度一生的人，值得把我剩下的人生都獻給她，也就是靈魂跟我相通的人。不過，不能性急啊！」

「是嗎？」彌助很驚訝。

「是啊！你想想看，要是遇見那樣的人，我就變成她專屬的另一半，既不能花天酒地，也不能交別的女友。所以我在找到老婆以前，不能不痛快的玩呀！」久藏歪著嘴笑起來，又恢復他平常玩世不恭的模樣。

「我不知道你發生什麼事，不過別太難過啦！振作一點嘛！對了，我可以再帶你去吉原玩。以前你叫我帶你去找的紅月，最近聽說很紅喔！據說只要她彈三味線，她養的花貓就會開始唱歌。那不是你給她的貓嗎？我們再去看那隻貓吧！」久藏忽然提議。

「你是說，小鈴最近過得很好？」彌助問。

「是呀！聽說紅月快要嫁人了，那麼她跟花貓的歌謠秀，可就剩沒多久可以看了。所以，我們今晚就去吧！」久藏興沖沖的說。

「不、不要啦！」彌助趕緊搖頭。

「沒關係啦！我說要去，你閉上嘴跟我來就好了。這個不領情的小鬼！」久藏伸手抓住他。

「好痛！放開我！」彌助大叫。他被久藏抓住衣領，無法逃走。

忽然，彌助好像聽到有誰在他耳邊輕笑。是阿秋！阿秋正在看他、笑他。彌助感到鼻子深處有點酸，那是一種奇特的感覺。如果久藏說的話是真的，那麼，彌助應該還會碰到喜歡的人。但是，他永遠不會忘記阿秋。

「阿秋……我不會忘記妳，永遠不會的。」彌助在心裡輕聲說道。

「放開我，放開我呀！」彌助回過神來繼續對久藏大叫。

他似乎聽到阿秋的聲音隨風傳來，說：「我知道。」

「不行！今天無論如何，你都得陪我去吉原找紅月。」久藏就是不肯放手。

「誰、誰敢強迫我？……哇，千哥！」彌助忽然對著門口喊。

「呃，是阿千啊！」看見千彌突然出現，久藏嚇一跳就鬆手了。

彌助像見到主人的小狗一般，衝過去抱住千彌。

「呵呵！」久藏在心中輕笑。撲向千彌撒嬌的彌助，就像個普通孩子，看起來令人欣慰。不知道彌助發生什麼事這麼傷心，久藏內心其實很焦急，暗暗爲他擔心。

不過，彌助聽了久藏一席話，心情似乎好多了，他的臉上開始發出光彩。

太好了！久藏也放下心來。

「這個小鬼，究竟還是賴著千彌長不大啊！」久藏一邊想，一邊望著千彌和彌助，只見彌助不停向千彌告久藏的狀。

不行！我得去跟他爭幾句。久藏不甘示弱，向他們兩人靠近。

看來今天的太鼓長屋，又將是熱鬧的一天了！

國家圖書館出版品預行編目（CIP）資料

妖怪托顧所.2, 説謊少女/廣嶋玲子作；Minoru繪；林宜和譯. -- 初版. -- 新北市 ： 步步出版 ： 遠足文化事業股份有限公司發行, 2022.04
面； 公分
ISBN 978-626-95662-2-8(平裝)

861.596 111001986

1BCI0019

妖怪托顧所❷：說謊少女

作者｜廣嶋玲子
繪者｜Minoru
譯者｜林宜和

步步出版
社長兼總編輯｜馮季眉
責任編輯｜徐子茹
美術設計｜蔚藍鯨

出版｜步步出版／遠足文化事業股份有限公司
發行｜遠足文化事業股份有限公司（讀書共和國出版集團）
地址｜231 新北市新店區民權路 108-2 號 9 樓
電話｜(02)2218-1417　傳真｜(02)8667-1065
客服信箱｜service@bookrep.com.tw
網路書店｜www.bookrep.com.tw
團體訂購請洽業務部｜(02)2218-1417 分機 1124
法律顧問｜華洋法律事務所 蘇文生律師
印製｜通南彩色印刷有限公司

初版｜2022 年 4 月　初版 12 刷｜2024 年 8 月
定價｜320 元
書號｜1BCI0019
ISBN｜978-626-95662-2-8